JN068469

公爵令嬢は我が道を
場当たり的に行く
2

エリザベス・マクナガン
転生者だが、その記憶には今いる世界の情報が何もない。ならば普通に、あるがままに生きるしかあるまいよ、と開き直り肚を括る。愛称はエリィ。
レオナルド・フランシス・ベルクレイン
王太子にして、エリィの婚約者。非常に聡明、且つ常識人。エリィを溺愛しているという噂になったり、幼女趣味疑惑をかけられたりしている。愛称はレオン。
登場人物紹介
characters

アルフォンス・ノーマン
エリィの専属護衛騎士。見た目は軽いが、本質は誠実。エリィも引くほどのクソ真面目。
ノエル・グレイ
レオンの専属護衛騎士筆頭。職務に忠実で、仕事中も真面目。ただ、中身はちょっと計り知れない。
リナリア・フローリア・ベルクレイン
レオンの妹で、第一王女。兄と同様に聡明な少女。
マリーベル・フローライト
エリィのクラスメイト。エリィに『日本語』で書いた手紙を渡してきたが――？
エミリア・フォーサイス
エリィのクラスメイト。平民出身だが、女子力高めで面倒見も良い。

目次

第1話　記憶力がポンコツ気味だった転生少女。（それ以外は並スペック）

マリーベル・フローライト。

子供の頃、文字の練習の為に、何度も何度も自分の名前を紙に書いていた。

自分の名前がゲシュタルト崩壊しそうになる頃、何故か『この名前、すごく見覚えあるんだよなぁ……』という不思議な感覚に襲われた。

見覚えもなにも、自分の名前だ。大好きな両親が付けてくれた、私の名前。

私は、マリーベル・フローライト。

『見覚えがあるって何だろ』。そんな風にぼんやりと考えながらも、紙にまた自分の名前を書く。

文字の大きさや形が揃って、結構満足できるものが書けた。

上手にかけた！　と嬉しく思うと同時に、「分かったぁ！」と叫んでしまった。

マリーベル・フローライト。

それは、私がプレイした幾つかの乙女ゲームの中の一つの、主人公（ヒロイン）の名前だった。

前世の記憶、というのだろうか。『この世界とは別のどこか』の記憶は、物心ついた頃からずっとある。けれど幼い頃の私は、それらを『夢の中の世界』だと思っていた。

あまりにも現実離れしていたからだ。

空を飛ぶ大きな鉄の翼や、この国の王城の尖塔より高い四角い建物、離れた場所に居る人と話が出来る小さな装置……。

全てが、この世界ではありえない品々だ。

自分の『前世』というものをはっきり自覚すると同時に、「アレ、夢じゃないんだ！」という事も理解した。

飛行機も、ビル群も、スマホも。全部全部、前世では珍しくも何ともない、日常のモノたちだ。

そう理解して、青褪めた。

ちょっと待って……。『ヒロイン転生』て、何それ。どんな罰ゲーム？　私、前世でそんなに罪を犯したの⁉　ヒロインっちゃあ、ざまぁされるのが定番じゃない⁉

そう思ったのだが、よくよく考えたらそれは、『ヒロインがゲーム展開を利用し、お花畑と逆ハーレムでヒャッハー！』をやった場合のパターンなのではなかろうか。

そう。

ゲームに関わらず生きていくヒロイン転生モノのお話もあった筈だ。そしてそちらでは、ヒロインはざまぁなどされない。当然だ。後ろ指さされるような行いをしていないのだから。

よし、決めた‼　私は『普通』に生きよう！　法律を守って、身の丈にあった暮らしをして、小さい幸せに小躍りするような人生を送ろう！

つまり、前世の小市民万歳な私のままで生きていこう！

そう強く決心した、四歳の春だった。

ゲームのタイトルは覚えていない。何だったかな……。別に思い出せなくてもいいんだけど、何かすごく内容と関係ないタイトルで、「は⁉　ある種のタイトル詐欺⁉」と思った事だけを強烈に覚えてるんだよなぁ……。

タイトル詐欺と思うようなタイトル、という事まで思い出すと、俄然タイトルそのものが気になってくる。しかし、若干ポンコツ気味な私の脳内には、タイトルの記憶がない。いや、あるのかもしれない。きっとあるのだろうが、全く思い出せない。

……ヤバい。『タイトル』って単語が、ゲシュタルト崩壊起こしてきた……。

ポンコツ記憶力なので、攻略対象の人数も定かでない。

四人……、いや、五人……？　それくらいだったような……。

確実に覚えているのは、四人だ。

もしかしたら、もっと居るのかもしれない。というか、居る筈だ。パッケージが確か、主要キャラがブロッコリーみたいにわーっと並んでいる系のアレで、五人のブロッコリーではボリュームに欠けるからだ。

まあ、現実で攻略対象(彼ら)に出会う事はなさそうだが。

主人公は、マリーベル・フローライト。つまり、私だ。

亜麻色の髪に、灰色の瞳という、ヒロインにしては地味なカラーリングである。……いや、心の底からピンクとかじゃなくて良かったと思ってるけどもね！

そもそもこのゲーム、アニメっぽい色合いの髪とか目（青髪とか、赤目とかね）は、出てこなかった。そしてそこが取っ付き易くて好きだった。

マリーベルは、商会を営む伯爵家の一人娘だ。

……現在、父は子爵なのだが、伯爵へ陞爵（しょうしゃく）するのだろうか。何するんだ、お父さん。ウチの商会が、何か大当たりでも出すのか？

ヒロインなのだが、彼女は『目立たない、大人しい少女』だ。実際、鏡を見てみても、そこには「それなりに可愛らしい」程度の女の子が居る。

えー⁉　ヒロインって普通、花のように可憐で可愛らしくて、小動物のような愛らしさで庇護欲をそそる、とかじゃないの⁉（小説の知識によれば）

私は、その辺の子よりは可愛いが、絶世の美少女などには程遠い。

しかし、そういう設定のヒロインなのだ。目立たない少女、というのは、見た目的にも目立つものではないのだ。

少女マンガの主人公などでよくある「目立たない、普通の私」が、読者からしたら「は？『そんな事ないよ』待ちか⁉」レベルで可愛いという、あの現象は私にはない。

本当に、埋没系ヒロインである。

いや、高位の貴族令嬢などは絶世の美少女も珍しくないので、もしかしたら私は逆に目立つかもしれない。……ショボさで。

その『大人しい、目立たない私』と、『そんな私を見つけてくれた彼』との恋愛シミュレーションゲームだ。

さて、そのゲームだが、舞台はキラキラ学園。

そこで出会った貴公子たちとの、甘酸っぱい青春ラブストーリー！

……いや、このゲームの前にやってたのが、攻略対象が全員ヤンデレというゲームだったのよ。そのシナリオのエグさに疲れちゃったのよ。王道こそ至高！　みたいな、原点回帰フェア開催中だったのよ……。

公式サイトで見たキャラ紹介のイラストがとても綺麗で、それも購入のきっかけだった。公式サイトで見た時は、「言ってもヒロイン全然可愛いじゃん」と思っていたのだが、現実とは無情なり……。高位貴族のご令嬢も居るお茶会へ行って、「あ、私フツーっていうか、そこそこ下の方？」という現実を突きつけられた。

まあ切ない現実はさておき、普通の少女がちょっと手の届かない相手と出会い、共に過ごす事によって互いに惹かれ合っていく……みたいな、本当に王道のストーリーだ。

言ってしまえばそれだけの話なので、悪役やライバルなどは居ない。エンディング分岐は単純に、自分の選択肢のみだ。

いや、ヤンデレだらけの血みどろ祭りゲーの前にやってたのが、攻略対象全員に彼女の居る『略奪ゲー』でさ……。プレイしてると、『彼女いて他の女にコナかける男もクズなら、彼女いるの知っててすり寄ってくヒロインもクズじゃね⁉』って、心が荒んできちゃってさ……。王道、最高‼

そんなこんなで攻略対象なんだけど、『ヒロインではちょっと手の届かない彼』とのハッピーエンドがコンセプトだから、お相手は高位貴族のご子息とか、名家の坊ちゃまとかだった。

現状、私ではお会いする事も叶わない方々ばかりだ。

覚えている一人目は、王太子殿下。

ハッハー（某ピンク色の夫婦芸人の奥様の笑い声）！　会える筈ないわー！　笑うくらいないわー！　雲の上の人過ぎて、ご尊名がぱっと出てこないくらい、ありえないわー！

私の二つ年上で、ゲーム登場時は十七歳。

本来『学園』なんて通う必要はない方なのだが、市井の人々と触れ合ってみたいとかなんとかで学園に通っている、クールビューティー系王子様。滅多に表情を変えない事で有名で、現在『婚約者候補』は居れど決まったお相手は居ない。その理由が『自分に擦り寄ってこようとする我欲の強い者ばかりで呆れる』かららしい。

はぁ、カッケーすね、王子（棒）。

王子が滅多に表情を変えなくなったのは、九歳の頃に居た婚約者が、王子を嫌って婚約を撤回し領地へ籠ってしまったからだった。私と居ても、そんなにつまらないですか？　と泣かれたのが、幼心にトラウマになっているのだ。実際面白い事はなかったらしいが、それ以来、王子は表情を変えなくなった。常に無表情なら、誰にも『面白い』も『つまらない』も分からないのではないか、と。

言わせてもらっていいかしら？

クソ面倒臭いわ、王子‼

はー……、この王子はないわ。女の子にはもうちょっと気を遣ってよ。愛想笑いでいいじゃない。なんで無表情の方を選択しちゃうのよ。

ないわ。

いや、現実問題として、私の身分じゃお会いする事もないだろうけど。でも、ないわ。

覚えている二人目は、内務大臣の息子だ。アーネスト侯爵の次男レナードである。

侯爵くらいなら、あるか……？　しかも次男。婿入り可能。年齢はヒロインの一つ上、ゲーム中では十六歳。王子殿下の側近という立場なので、常に王子殿下の側に居る。マジでいつも居る。

腹黒眼鏡枠だ。

王子殿下のブレーンで、信頼の篤い人物だ。

彼は非常に頭脳が明晰で、幼い頃から何でも全てが『簡単すぎてつまらない』という生活を送って来た。世の中には出来て当たり前の事しかなく、そこそこの努力で何でも出来てしまうので、退屈で仕方ないのだ。その彼が唯一敵わなかったのが、王子殿下だったそうだ。

もうこの時点で関わりたくない！　こんな面倒くさい人、本当に嫌だ！

彼はヒロインと出会い、人格を多少矯正される。たっかい、たっかい鼻っ柱を、ヒロインがぽきっとへし折ってやるのだ。

その際、あの名言が出る。そう！　あれだ！

「フッ……、面白い女性(ひと)ですね」

わ〜〜〜‼　サッムい‼　現実で言われたら、鳥肌立つ自信ある！

ていうかいいじゃん、無理に人格矯正しなくても。もうその何の役にも立たないアホ程高いプライドのまんま生きてってよ。

ない。彼も、ない。


覚えている三人目は、王道なら必須の脳筋枠、モリス・サンディル。

騎士団長の息子で、父親同様騎士を目指している。彼も殿下の側近で、護衛を兼ねている。

王子殿下と同い年、私より二つ年上だ。

まあ彼は、よくあるステレオタイプの脳筋キャラだ。いつも明るく、筋トレが好きで、剣の腕を磨く事に青春を捧げている。その彼にヒロインがある日、「『守る』って、どういう事ですか？」と疑問を投げかけるのだ。答えに詰まってしまったモリスは、それから己と向き合う事になる。そんなモリスを、ヒロインは見守り、支え、時に叱咤し、二人で答えを出していくのだ。

……って、ヒロイン、おかんか‼　お前の母親か！　そんなん、自分一人で考えてよ‼　自分の

将来じゃんか‼

あー……、ないわ。これもないわ……。


そして覚えているラストは、エルリック・マクナガン公爵令息。

実はこのゲーム内で、一番好きなキャラだったのが、彼だ。

マクナガン公爵家は歴史が古く、公爵家の序列でも第二位という大貴族だ。彼はその嫡男である。年齢は私と同い年。

そのゲームのエルリックのビジュアルが、めっちゃツボった！

淡いふわふわの金の巻き毛に、白い肌。少し憂いを含んだダークブルーの瞳に長い睫毛。中性的な見た目の、何処から見ても美少年だ。

実は前述の王子殿下が白紙撤回した婚約者、というのが、彼の妹なのだ。そのせいで、王子殿下との間には、ちょっとした蟠りがある。領地に引き籠って今も塞いでいる妹を心配し、何をしてやれるだろうかと考えている、優しい少年だ。

もうこのシナリオが！　癒し系で！

ヒロインと二人で、領地に居る妹への贈り物を考えたり。王子殿下と、それまで話題として避けていた妹の話をして和解したり。妹さんも大事だけど、貴方も元気にならなくちゃ！　と、強引にデートに連れ出したヒロインちゃんと、結果として楽しい時を過ごしたり。

彼にはややこしいトラウマなどもなく、全体的にふんわりと優しい雰囲気のシナリオだった。性格も穏やかで優しく、少し照れ屋でシャイな少年。そこも好きになったポイントだ。

エルリックなら、アリだなー……。いや、でも、公爵家の嫡男様なんて、会う事もないかー……。


これが、私のポンコツ・メモリーバンクの中身の全てである。

もしかしたらいつか、これ以上の情報も思い出すかもしれない。……無理だとは思うが。

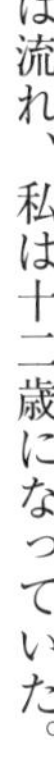

時は流れ、私は十二歳になっていた。

最近、ウチの商会の商売がやけに順調である。他国から仕入れている果物に謎のブームが来たらしく、飛ぶように売れているのだ。この国にはない果物だが、私は知っていた。

パッションフルーツだ。

まあ売れるのは分かる。美味しいから。でも、売れ方が異常だ。

何、この現象……？　これがもしや、ゲーム補正？　ゲームの通りになるならば、私が十五歳になるまでには、我が家は伯爵になっている筈なのだ。

謎のパッションフルーツブーム、怖い‼


十二歳になり、両親から「マリーは学校へ通うのか」と質問された。

ぶっちゃけ、この世界の学校は、貴族なら特に通う必要はない。家庭教師で済むからだ。ならば何故、ゲームのマリーベルは学校へ通っていたのか。ゲーム中では特に説明はない。プレイしている最中も、特に疑問には思わなかった。何故なら日本では、十五歳なら学校へ通っていて当たり前だからだ。

しかし自分がマリーベルとして生きてみると、それは結構不自然なのだ。

王都には、主要な学校が三つある。

一つは、スタインフォード王立学院。

次に、ノースポール女学院。

そして、コックフォード学園だ。

貴族子女で学校へ通うとなると、この三つくらいしか候補がない。

ゲームの舞台となっていたのは、コックフォード学園だ。校訓が『学問は平等』で、校則には『生徒は原則として平等の存在であるとする』というものがある。乙ゲーあるあるだ。この前提がない限り、いかな貴族令嬢とはいえ、王子殿下に声などかけられない。

コックフォードには通いたくない。年度をずらせばどうにか回避できるかもしれないが、乙女ゲームを始めたくない。

それに、コックフォードはあまり通う意味もない。

調べてみたら、コックフォード学園の授業内容は、家庭教師でカバーできる範囲なのだ。日本でいうなら、高校程度だろうか。十二歳の私が教師から教わっている内容に、更にちょっとプラスアルファ、くらいの内容だ。

ゲームのマリーベル、何で通ってたの……？

その謎は、父の言葉により氷解した。

「学校でお友達が出来たら、周りの子がどんなものを欲しがっているか、聞いてくれないかい？」

マーケティングリサーチか‼　そっかぁ……。ゲームのマリーベルも、家の仕事、手伝ってたもんなぁ。確かに、平民から貴族（主に低位だが）まで居る学園なら、マーケティングリサーチの場にもってこいだよねぇ。

超、納得。

父としては、私に学校に通ってもらい、リサーチして欲しいようだ。そうなったら、どこかへ通ってみるしかあるまい。

でも、コックフォードは嫌だ。……エルリックには会いたいけど。めっちゃ見てみたいけども‼

ではノースポール女学院かというと、こちらも遠慮したい。『女学院』だ。女しかいない。しかも、『貴族のご令嬢』しかいない。怖い。校訓である『淑女たれ』から既に、馴染める匂いがしない。

家の階段を一段飛ばししただけで「お転婆」と言われる世界だ。無理ゲー過ぎる。

となると、残るはスタインフォード王立学院だ。

ここは国一番の難関校だ。この学校は、貴族も平民もいい意味で区別しない。完全実力主義がウリだ。高位貴族の令息・令嬢も毎年バンバン受験で落ちている、最高峰の教育機関である。

確かに、スタインフォードのカリキュラムは、調べれば調べる程に興味深い。でも私に受かるだろうか……。地元で下から数えた方が早い大学出身の、この私に……。

いや、前世は前世！　今は今！　コックフォードに行かない為にも、頑張ってみようじゃないか！

そう肚を決め、やたらと難しい入試に挑む為の勉強を始めた。

十三歳の年の瀬、我が家が伯爵へ陞爵する事となった。ゲームの力、すごい！　と、ちょっと怖くなったが。

実はこの世界には、まだコルセットが存在していた。

私はそれが、心の底からイヤだったのだ。だって痛いもん！　しかも苦しい！　そんで面倒くさい！

ドレスなど滅多に着ないが、着る際にはコルセットをぎっちぎちに締められる。

アレ、ただの拷問じゃない!?　なんで着飾るのに苦しい思いしなきゃなんないのよ！

ブチ切れた私は、補正下着のようなものの開発に乗り出したのだ。我が家の商会には服飾部門もあり、そこと協力し、コルセットより着脱が簡単で、着け心地も楽なウエストニッパーを開発した。

開発資金は、パッションフルーツブームのおかげで、どうとでもなった。

これが当たった！　笑っちゃうくらい売れた！　というか、今も売れてる。

調子に乗って、『ラクラクシリーズ』と銘打って、色んな女性用下着を開発した。……開発っていうか、所謂知識チートだ。この部門以外で、私が知識チートをぶちかませるような場所はなかった。

産業なんかは大分進んでいて、私の付け焼刃に過ぎる知識じゃ太刀打ちできなかった。

そういうわけで、私は女性用下着の開発に邁進した。貴族のレディ、マダムにもご納得いただけるようレースをふんだんに使ったものや、庶民向けの手入れの楽な木綿でちょっと可愛いものなど、色々作った。

そんでまた当たった。

おかげでいつの間にか、服飾部門が下着専門みたいな扱いを受けるようになったが。……フッーにアウターも売ってるんだけどな……。

下着の当たり方が凄まじすぎ、他国への輸出まで始まった。ブラジャーの概念のない国とかもあったからね。そういう国の女性にも受けた。

いつの間にか、女性用下着が一大産業になっていた。

……なんかもっと、知的な知識チートしたかったな……。下着て……。いいけど。可愛いパンツ出来てご満悦だけども。

その功績で、今回の陞爵とあいなったのだ。……ウチ、パンツ伯爵とかあだ名されんのかな……。切ない……。

貴族の陞爵は、年末に王城で式典が行われる。そこで一斉に、国王陛下から新しい爵位を賜るのだ。

まだ十三歳の社交デビュー前だが、一世一代の出来事という事で、私も同行が許された。子爵から伯爵への陞爵なので、中々のものだ。

伯爵位と侯爵位にはたっかい壁があるので、恐らく我が家にこれ以上の陞爵はないだろう。本当に、一世一代の出来事だ。

私は初めてのお城でワクワクだった。だって、外から見てもめっちゃ綺麗なんだもん！　中入ってみたかったんだよねー！　高位貴族なら、お城でお茶会とかあるらしいけど、子爵家じゃぁね〜。

うん、なくていいんだけどさ。マナー、ちょびっと自信ないし……。

その年に陞爵されるのは、我が家を含め三つだ。ウチが子爵から伯爵へ、他の二家は男爵から子爵だった。

お城のお役人様から式典の説明を受け、陞爵を受ける父は別の待機所へと連れていかれた。

お役人様の説明の間、私はお城の控え室を目を輝かせて眺めていた。

だって、めっちゃ綺麗だったんだもん！　ソファも、信じられないくらいふかふかだったし。家具類も全部、すごく豪華でピカピカしてた。

ふわぁ……、すごい！　本物のお城だぁ……‼　こういうの見ちゃうと、『乙ゲーヒロイン転生』で頭パーンてなって逆ハーとかに走る主人公の気持ち、分かるような気がする。

でも、私はそうはなりたくない！　私は小市民、私は小市民……と。うん、よし！

式典では、私とお母さんは、列の隅っこの方に並ばされた。序列によって並び順が決まるから、こんなものだろう。しかも私たち、単なる見学だし。

玉座には王様。お隣に王妃様。王様はめっちゃ凛々しいイケオジだ。王妃様は三人の子持ちには見えない美女。すんごい眩しい。あんな人たち、ホントに居るんだ……。

謁見の間はとても豪奢(ごうしゃ)でキラキラしているのに、王様も王妃様もそれに負けていない。

……え？　王子ルートとかやったら、ヒロインがあそこに座るの？　無理過ぎない？　王族の方々と、素材が違い過ぎない？　美形アイドルユニットに一般人が一人混じるくらい、違和感しかなくない？

王様たちの玉座から一段下がった場所に、王太子殿下が居る。

その殿下がまた！　ホントにゲームから抜け出てきたみたいな美形‼　二・五次元とか目じゃない完成度！　……って、三次元だった！　現実(リアル)だった、ここ！

ゲームのまんま美形無表情な王太子殿下の背後には、護衛騎士様が控えている。ゲームの通りなら、脳筋モリス君なんだけど……。

モリス君とは似ても似つかない、けどめっちゃイケメンなお兄さんが居る。殿下より大分年上っぽい？　モリス君と違って、脳筋にも見えない。むしろ賢そう。

……あ！　やっぱここ、ゲームと大分違うんだ！

そう思ったら、心がふっと軽くなった。

無表情・無愛想な王子殿下の相手しなくていいんだ。プライドたっかい陰険眼鏡も放置でいいんだ。脳筋少年のおかんにならなくてもいいんだ。

なぁーんだ。じゃあ、何の心配もいらないじゃん。

ほっとした私は、心ゆくまで美形の王子殿下を眺め、目の保養をするのだった。

十四歳の春に、スタインフォード学院を受験した。

勉強のし過ぎで頭グラグラしてたけど、何とかやりきった。……こんな勉強したの、前世も合わせて初めてだ……。

合格通知が届いた日は、両親と抱き合って喜んだ。『受かった』ってだけでも自慢できるレベルの学校だからね！　スタインフォード卒なんて言ったら、イコールでエリートって認識されるレベル。

驚いたのは、今年の入学生の中に王太子殿下とそのご婚約者様がいらっしゃるという話だ。

そう。ゲームと違い、殿下には婚約者がいる。ゲーム同様、婚約が結ばれたのは、殿下が九歳の頃だったらしい（貴族令嬢Aの話によると）。

お相手は、やはりゲーム通り、エルリック・マクナガンの妹のエリザベス・マクナガン様。ゲームだと『エルリックの妹』って情報しかなかったけど、殿下より四つ年下って知ってちょっと驚いた。結構、歳離れてるんだなぁ！　って。

殿下があまり公の場にエリザベス様を伴う事がないらしく、お二人は不仲なのでは？　と噂されている（貴族令嬢Bの話によると）。

エリザベス様もお茶会などであまり殿下の事をお話しになられないらしく、その噂は真実なのでは？　とも言われている（貴族令嬢Cの話によると）。

そして殿下とエリザベス様がお歳が離れている事もあり、殿下に『ロリコン疑惑』があるらしい（貴族令嬢Dの話によると）。

ただ全員、口を揃えたように言うのは、『エリザベス様がお可愛らしい』という事だ。「まるで妖精のようにお可愛らしい方」なのだそうだ。……妖精て……。

あー……。ゲームの登場人物と関わりたくないいんだけどなぁ……。たった四十人しか居ない生徒の一人じゃ、ガン無視ってワケにもいかなそうだよなー……。

五月に入ったら、私は寮へ入る事になっている。毎日、家から学院まで、通えない訳ではないが地味に遠いのだ。馬車で片道一時間程度かかってしまう。

この国の貴族のお邸というのは、王城を中心として円を描くように配置されている。王城に近い円の中心部分は公爵邸、その外に侯爵、その外に伯爵、子爵、男爵……という具合だ。伯爵以下の邸はもう、『貴族街』と呼ばれる区画から外れた場所になってくる。

公爵、侯爵、上位の伯爵家などのお邸のある辺りは、貴族の大邸宅と公共の建物しかないような、とても閑静で綺麗な街並みだ。自分の暮らす街並みと違いすぎて、観光地へ行った時のようにテンションが爆上がりしてしまう。けれど歓声など上げようものなら、多分一発で警邏の騎士に捕まる気がする。『気がする』というか、絶対に捕まる（確信）。

我が家フローライト伯爵（こないだまで子爵）邸は、王都の外れ付近にある。広くて大きいお家だが、貴族街にある『どれもこれもお城じゃん！』というような大邸宅ではない。木造の、二階建ての大きな家だ。周囲は平民の家だが、その中でも馴染んでいる。『ちょっと大きくて綺麗な家』という感じだ。まあ前世の日本基準で言えば大豪邸だし、洋風で可愛いお家だし、私は大満足なのだが。

スタインフォード学院は王立学院。つまり、一番のスポンサーというか、持ち主は国王。創設者は五代前の国王陛下だそう（家庭教師の先生曰く）。なので、王城に結構近い場所にある。

そういった感じで学院までは遠いので、寮に入る事にした。

寮費が思ったより安かったのも、寮に決めた要因の一つだ。お父さんが「毎日往復二時間かけて通うくらいなら、寮に入った方が時間も無駄にならなくていいんじゃないか？」と言ってくれたのもある。

基本が貴族というより商人な我が家において、時間はとても大切なものなのである。

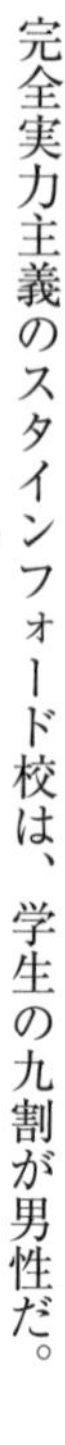

完全実力主義のスタインフォード校は、学生の九割が男性だ。

女性の社会進出自体は咎められる事はないけれど、当の女性に『社会に出て働く』という意識が低い。だから、『ガッツリ勉強して、いい職に就くんだ！』というスタインフォードには、あまり女の人は進学を希望しないらしい。貴族の女の子なら、ノースポール女学院が主流なのよ……。

いや、もうホントに、淑女とかキッツイんで……。ごめんなさいするんで、許して……。

寮への引っ越しは五月に入ってすぐに済ませた。

学院の敷地内にある寮は、煉瓦造りの校舎と違い、木造の建物だった。我が家とどっこいの絶妙なショボ感が嬉しい。お城みたいな建物だったら、浮かれて頭パーンてなりそうだもん。

女子はそもそも人数が少なすぎるので、希望者は全員一人部屋になる。男子寮は希望者の先着順に二人部屋になるらしい。男子は人数多いからね。

とか言っても、コックフォード学園に比べたら、生徒数自体がめっちゃ少ないけど！　あっちは一学年で三クラスとかあるけど、スタインフォードは毎年四十人しか取らないからね！

……よく滑り込めたよ、私……。多分、ギリギリだったと思うけど。

向かい合わせのように建つ男子寮と女子寮があり、大きい方が男子寮、「え？　民家？」てレベルで小さい方が女子寮だ。

民家っていうか、木造アパート？　下宿？　そんな感じ。建物自体は洋風で可愛いけどね。

部屋は六畳くらいの広さで、ベッド、机と椅子、大きな本棚、低めのチェスト、クローゼットと箪笥（たんす）が備え付けてある。風呂・トイレ共同。朝夕二食付き。寮母・警備員常駐。これで日本円の感覚で言うなら、寮費は月約三万円だ。破格！

まったく飾りっ気のない部屋だが、綺麗に掃除してあり、悪くない。広すぎない部屋も嬉しい。

いいじゃん！　大学の時に一人暮らししてたアパートよりいいじゃん！

お風呂とトイレが共同とはいえ、現在の入寮者は私を含めて五人。めっちゃ少ない！　思ってた

よりホントに女子居ない！

お風呂の時間がかち合う事も少なそうだし、トイレもそうだ。広めのパウダールームもあり、そこは五人までなら一斉に身支度できるので、かち合っても何の問題もない。

マジで良くない⁉　ここ！

必要な荷物を運びこみ、窓に新しいカーテンをかけたら、「私の部屋！」って実感が出た。

これから三年間、お世話になります。

入学式当日。

私は既に寮に引っ越しているので、急ぐ必要が何もない。寮から会場の講堂までは、のんびり歩いて十分かかからない程度だ。余程の事がない限り、遅刻はない。

寮母さんのお手製の朝食を食べ、両親に買ってもらったワンピースに着替え、何度も鏡でチェックしてから寮を出た。

今年の入学者は、三十九人だそうだ。ホント、滑り込めて良かった……！

女子の新入生は私含めて四人。……わぁー……、ホントに九割男子だぁ……。

ちょっと早く着いちゃったかなー……などと思い歩いていると、講堂付近で一人の女の子が歩いているのを見つけた。背の低い女の子で、「え⁉　子供⁉」と二度見してしまった。

ちょっとだけ跳ねるような足取りで、楽しそうな雰囲気が伝わってくる。歩くたびにふんわりとしたワンピースの裾がひらひらして、とても可愛く微笑ましい。女の子は講堂へ入って行って見えなくなり、私も講堂へ行こう……と再び歩き出した。

けどすぐに、講堂の入り口付近で止められてしまった。

「申し訳ありません。只今、王太子殿下のご婚約者様のご案内をいたしておりますので、少々こちらでそのままお待ちいただけますか」

丁寧な口調で言うお兄さんは、お城の護衛騎士様の制服を着ている。ゲームのモリス君（脳筋）ルートのエンディングで、彼が着ていた服と同じだ。普通の警邏の騎士様とは違い真っ黒な服なので、すぐにそれと分かる。

お兄さんに頷いて見せると、お兄さんは微笑んで「ご協力、感謝いたします」と言ってくれた。

以前お城で見た、殿下の護衛の人とは違う人だ。けどこの人も、脳筋の匂いがしない。

え？　モリス君、ホントに護衛騎士になんてなれたの？　どんな手使ったの？

ほんの一分程度だろうか。待つという程でもない時間待たされたが、お兄さんは「大変お待たせいたしました。中へどうぞ、レディ」と微笑んでくれた。

ひゃ〜、紳士〜‼　これが『護衛騎士』というものなのだとしたら、モリス君、ホントに不可能じゃない？　だって彼、セリフの語尾に全部『！（ビックリマーク）』ついてたし。

本物は違うわぁ〜……と、うっとりしつつ中へ入り、受付を済ませ、講堂の席に向かうのだった。

講堂のふかっとした椅子に座り、考える。

『王太子殿下のご婚約者様のご案内をいたしております』って言ってたって事は、私がちらっと見た、あのぴょんぴょん歩いていた女の子がエリザベス様だ。遠目だからかもしれないけど、めっちゃ『子供』っぽく見えたんだけど……。

王太子殿下の四つ年下。つまり、現在十二歳。

いや待って！　十二歳って、小学校六年生⁉　殿下、十六歳よね⁉　高一だよね⁉　え、ヤバくない……？　小学生と高校生って考えると、ヤバさ増さない……？　いや、世界が違う事は分かっている。常識も違う事も理解している。

でも軽く引く……。

しかも殿下といえば、無表情・無愛想でしょ？　あのちっちゃい女の子と、無表情のイケメンお兄さん……。

え？　大丈夫？　ホントに？　何らかの罪で、殿下捕まったりしないの？

そんな事を考えていたら、入学式典が始まった。

入学生代表として、王太子殿下が壇上でご挨拶された。イケメンで、イケボですよ……。素晴らしい……。ゲームで聞いてたより、ちょっと声が低い気がする。でもアレかな、録音した声とかって、生（なま）とだとちょっと変わるから、そういうのなのかな。

いい声なのには、変わりない。

壇上の殿下の後ろ、ステージの隅の方には、やはり護衛騎士様が控えている。王城の式典の時に見た人だ。じゃあ、あの人が殿下の『専属護衛』（だったかな？）の人なのかな。……モリス君て、今、どーしてんだろ……。

モリス君の将来の目標は、殿下の専属護衛の筆頭騎士になる事、だった筈だ。任命権は確か、殿下がお持ちでいらした筈。……それとも、ゲームの話だから、現実のシステムは違うのかな。

そんな事を考えているうちに、式典は終了した。

この後は、本校舎の講義室に場所を移して、明日以降の説明を受ける事になっている。

入学生がばらばらと席を立ち、講堂を後にする。私たちと離れた場所に座っていらしたエリザベス様のお隣には、いつの間にか王太子殿下が座っておられた。

警備なんかもあるから、集団で一緒に……とか、移動できないんだろうな。ていうか、殿下、いつの間にそこに居たんだろう……。

集団から少し離れた場所を歩く殿下のお隣には、エリザベス様がいらっしゃる。式の前に見たぴょんぴょん飛ぶような歩き方ではなく、いかにも淑女然とした綺麗な歩き方だ。お二人の身長差がかなりあり、エリザベス様は殿下の肩くらいまでもない。……これはロリコン疑惑も湧くわ……。しかもお二人は、しっかりと手を繋がれている。それも、恋人繋ぎでだ。不仲説流した人、なんでそんな事言い始めたの……？　あれが『不仲』なら、世の中ラブラブカップルが居なくなるよ……？

一日を終え、寮の自室へと帰って来た。

よし！　ちょっと考えよう！　何か大分、ゲームと違っちゃってるみたいだし！

まず私。

ゲームと同じなのは、特に目立つ要素のない伯爵令嬢であるという事。……まさかウチが、伯爵になるなんてなぁ……。

ゲームと違ってるのは、通っている学校がコックフォード学園ではなく、スタインフォード学院。十五歳で入学が、一年前倒しして十四歳で入学。性格なんかも多分違う。だって、ゲームの選択肢が四択だったけど、「どれも選びたくないんだよなぁ……」って選択肢が結構あったからね。

次に王太子殿下。

ご尊名なんかはゲームと同じだし、プロフィールも同じだ。この国唯一の王子で、下には妹殿下がお二人。ご尊顔もゲームの立絵とよく似ている。サラサラの金の髪に、明るい青い目の、直視できないレベルの美形だ。

殿下ははっきり言って、このプロフィールと外見以外は全くゲームと違うお方だと思う。

まず、ご婚約されている。今日一日見ていて分かった。『不仲説』とか、ありえない。あれはエリザベス様を溺愛する目だ。隙あらばイチャコラしている。それをエリザベス様が「仕方ないなぁ」って顔で笑ってらっしゃる。

激甘！　チョコに蜂蜜かけて、砂糖まぶしたくらい甘い！　インドのグラブジャムンくらい甘い！　あれ、好奇心で一缶買って、泣くほど後悔したもんなあ……。

そんな殿下なので、ゲームでの『無表情』って何だったの？　ってくらい、にこにこしてらっしゃる。……エリザベス様に対してだけ、だけど。

そしてエリザベス様。

ゲームでは殿下ルートとエルリックのルートで、存在だけは出てきた。確かどちらのルートでも、名前は出てきていなかったはず。出てきてたら覚えてると思うし。

ゲームでは殿下のちょっとした心の傷で、エルリックにとっては大切な妹。

現実のエルリックは分からないけれど、現実の殿下にとっては間違いなく『最愛の婚約者』だろう。

思ってたより、百倍くらい可愛い方だった。

色々話してくれた貴族令嬢の皆さま、ゴメンなさい。毎回話聞くたび、盛り過ぎててあり得ないわー……とか思ってた！　でもホントに可愛い人だった！　もんのすごい美少女だった。「妖精みたい」っていうの、めっちゃ納得。

……エリザベス様の方を見ると、殿下が牽制するみたいにこっち見てくるから、怖くてあんまり見れなかったけど。

ていうか、殿下、アレ何なの？　ヤンデレの気でもあんの？　エリザベス様の方を見てた男の子が「ヒッ……」て怯えた声出して目を逸らしてたけど、何したの？　……殿下にヤンデレルートなんてなかったけどなぁ……。

あと他の覚えてる三人の攻略対象者は、影も形もない。殿下の側に侍ってたりもしない。もしかしたらちょっとだけ、舞台となる学校が違うだけで、攻略キャラ居たりすんのかな？　とか思ってたんだけど。

全然、居ない。

そうそう！　あと、攻略対象キャラ、一人思い出したの！

今日、殿下とエリザベス様の後ろに控えてた、護衛騎士のお兄さん！

名前は……、何だったかな？　アルフォンスだか、アルフォンソだか……。多分どっちかが、マンゴーの品種だな。マンゴーじゃない方が、お兄さんだね。どっちがどっちか分かんないけど。

マンゴーじゃない方のお兄さんは、殿下の専属護衛騎士様だった筈。ヒロインより一回りだったか年上の、『年上チャラ男枠』だ。色っぽいチャラチャラお兄さんで、ヒロイン相手の会話も軽いけれど、実はすごく誠実な人で……みたいな、よくあるタイプのキャラだ。

いつも笑顔だけど、心の底からは笑っていない、という陰のあるキャラだ。

何か最後は「本当に守りたいものを見つけたんだ」とかなんとか言って、護衛騎士辞めちゃうストーリーだったけど。

いや！　辞めないでよ！　護衛騎士って、なるのすっごく大変な筈なのに！　伯爵家の小娘の為なんかに辞めないで！

実際の『マンゴーじゃない方お兄さん』は、もうお一人いらした護衛のお兄さんと並んで、ぴしっと綺麗に立ってらした。ちらっと見た時、何か肩が震えてたけども、何かあったのかしらね？

全然、ゲームとはキャラからして違ってるけど、ゲームの登場人物は実在している。

何だか変なの、と思った。

けれどまあ、ここは単なる『ゲームのモデルとなった世界』なのかな、と納得した。という事は、『ゲームの強制力』とか、『ゲーム通りの展開になるかも』なんかは、気にしなくて良さそうだ。

まあそもそも、攻略対象も揃ってないしね！　居ない人の方が多いっぽいし！　ふい〜、良かったぁ。面倒くさい人たちが居なくて。

よーし！　ゲーム気にしなくていいみたいだし、明日から勉強頑張るぞー！

授業が始まって、二週間が経った。

エリザベス様が可愛い。

公爵家序列二位の大貴族、マクナガン公爵家のご令嬢だというのに、気取ったところが全くない。

入学初日に学院側から注意として、殿下やエリザベス様には手製の贈り物を禁止する、と言われた。警備の関係上だ。手製がアウトなら、既製品はいいのかな？　と、四人いる女子の一人、エミリアがエリザベス様にお菓子をプレゼントした。

なんとエリザベス様は受け取ってくださった。……隣の殿下が、めっちゃ渋い顔してたけど。そんで、エミリア勇気あんな！　て思ったけど。

受け取ったお菓子を検品してもらって、エリザベス様はそれを休憩時間に食べていらした。

その様が！　可愛さが天元突破してたの‼

エミリアがあげたのは、柔らかいビスケットにチョコクリームが挟まっている、今ちょっと人気のお菓子だ。エミリアに何であれをプレゼントに選んだのかと尋ねたら、「エリザベス様があれ食べてたら絶対に可愛いと思って」と返って来た。グッジョブである。

一つが直径十センチほどもある、大きなお菓子なのだ。それを小さな両手で持って、ちょこちょこと少しずつ食べている様は、小動物のような愛らしさだった。しかもとびきりの美少女だ。美味しかったらしく、口元が笑みの形に緩んでいるのもまた可愛い。

美少女　＋　小動物系仕草　＋　幸せそうな笑み　＝　破壊的に可愛い‼

同じ教室でそれを見てしまった全員が、「あぁ～」て頬を緩めてしまった。それに気付いた殿下から、めっちゃ『こっち見るな』オーラが発せられていたので、視線を逸らすしかなかったが。

も ー、何アレ‼　可愛いにもホドがあるでしょ！

その日以来、殿下がご公務で欠席される日を狙って、クラスの誰かがエリザベス様にお菓子を差し入れるようになった。お隣に殿下がいらっしゃらなければ、こっそり盗み見し放題だからね！

殿下のご欠席の日のエリザベス様のおやつタイムは、クラス全員の癒しのひと時となっている。

……多分、殿下は御存知なのだろうけれど。いつか全員揃ってなんかされそうで怖いけども。

そして何らかの罪で捕まったりするんじゃないかと思っていた『殿下×エリザベス様』という構図だけれど、何というか不思議としっくりお似合い感がある。……見慣れただけかな？

妖精みたいな美少女と、それをにこにこ微笑んで見守る美青年。なんかあの一角だけ別世界。あの二人が居るところだけ、絵本とかの中みたい。

お二人を見ていると、この国で有名な『フォルン蝶』を思い出す。

フォルン蝶とは北の山岳に生息するチョウチョで、翅が美しい色彩をしている事で有名だ。女性の美しさを褒める時によく使われたりする。

番となると片時も離れず二匹でひらひらと飛び回る事もあり、夫婦円満の象徴としても知られている。これをモチーフにプロポーズ用のグッズなどを作るとよく売れる。婚姻記念の贈答品などにも人気がある。

雄は瑠璃色と濃紫の、雌は緋色と黄色の、それぞれ違う模様のどちらも美しい翅の蝶だ。

そのフォルン蝶の番みたいに、綺麗でお似合い。

多分あれなら、殿下が何らかの罪で捕まる事もないだろう。安心、安心。

ある日、中庭のベンチで本を読んでいた時の事だ。図書館から教室までが遠いので、休憩がてらベンチで借りてきた本を開いていたのだ。

すると、隣のベンチにエリザベス様がやってきて、ちょこんと座った。はー……、もう、何してても可愛い。足が地面に届かなくて、つま先立ちみたいになってるのも可愛い。

私の座るベンチと、エリザベス様が座るベンチの間には、二メートルほどの間がある。

エリザベス様は中庭に一本だけある、背の高い木を眺めている。

確かにあの木、気になるのよね。一本だけ、ぽつんてあるから。

エリザベス様はその木を眺めながら、小さな声で歌を歌ってらした。その歌が、風に乗ってかすかに聞こえてきた。

最初は、耳を疑った。

まさかそんな。私が心の中で歌ってたから、そう聞こえただけじゃない？　そんな風に思ったが、確かに聞こえた。

そう。この木はなんの木かな～？　気になるな～？　的な、あの有名なＣＭソングだ。しかも、きちんと日本語で。

私が膝の上に開いた本を読む振りをして呆然としていると、エリザベス様がベンチから降りた。

「エリィ、すまない。待たせたね」

言いながら、殿下がやってきた。

「いえ、大丈夫です。レオン様のご用は、もう済んだんですか？」

「ああ。……行こうか」

エリザベス様はそのまま、殿下に手を引かれるようにして、校舎の中へと戻って行った。

ウソ……。エリザベス様ってもしかして、私と同じ転生者……？　しかも、私と同じで乙ゲーに参加したくない人種……？

それならば、何とかしてエリザベス様にコンタクトをとれないだろうか……と思った。

だってもしかして同じ転生者なら、仲良くなれるかもしれないし！　あの天使みたいに可愛いエリザベス様と！　目の前で、美味しいお菓子食べるとこ見られるかもしれないし！

……あともしかして、お兄様であるエルリック様にも会えるかもしれないし（コソっと）。

その日から、エリザベス様にコンタクトを取る方法を考えた。

周囲には護衛騎士様や侍女様が控えているので、ご本人に突撃は非常に難しい。

本当は、アレやってみたかったんだよなー……。小説でよくある「貴女もしかして……、○○ってゲーム、ご存知じゃない？」って言うヤツ。

でも、タイトル全然覚えてないもんなー‼

考えて結局、無難な『お手紙を渡す』という方法を取る事にした。中身を日本語で書けば、読めれば転生者確定だし、読めなかったら読めないでそれでいいし。

家から持ってきたレターセットに、日本語で『もしもこれが読めるのならば、放課後カフェテリアに来て下さい。お話ししたい事があります。』と書いてみた。まあ、読めなかったとしても、私が待ちぼうけ食らうだけだ！　なんて事ないない！

十数年ぶりに日本語の文字など書いたが、意外とちゃんと書けた。実は一回だけ、放課後の『課』の文字を間違えたが……。つくりの『果』に草冠つけちゃったよ！　読み直して「アレ？

なんか違和感あるな？」って、気付くのに三分くらいかかっちゃったよ。

忘れないモンなんだなー。こういうの、何ていうんだっけ？　『三つ子の魂、踊り忘れず』だっけ？　確かに、前世の地元の甚句、いまでも踊れるもんな。

あとはこれを、殿下がご欠席の日にお渡しするだけだ！

わー……！　今からドキドキしてきたー！　エリザベス様、来てくれるかな……？

第2話　エリザベスは思った。この乙ゲー、絶対やりたくねぇ、と。

実は現在、私にも『専属護衛騎士』なるものが居る。彼らはそのまま数年後には、『王太子妃付き専属護衛騎士』となる予定だ。

のんびりと学院への入学準備をしていた四月。居住を城に移してすぐの頃だ。

「ここで暮らすなら、エリィにも自身の専属の護衛を付けた方がいいだろう」

と殿下が仰った。

うん、まあ、効率考えたら、それはそうなんだけども。

実際、私の護衛は殿下の専属の護衛さんと、誰の専属でもない護衛さんとで持ち回りでやってもらっている。殿下の専属のお兄さんたちとはもう顔馴染みで、意思の疎通も図り易いのだが、それ以外のお兄さんたちとはちょっと上手くいかない。いざという時、その『ちょっと上手くいかない』部分が、大きく影響してくる可能性はある。

しかし『私の』専属ときましたか……。殿下の「逃がす気はない」という意志を、非常に強く感じますな。

「専属と仰いますが、私はまだ王族ではありませんが……」

「問題ない」

わぁ、殿下、お答えが早ぁい。

「あと四年もすれば、王太子妃となるのだからね」

にこっと、とても良い笑顔の殿下。

四年後。私が十六歳になったらすぐに、殿下との婚姻式が行われる予定だ。『予定は未定』なんて言葉もあるが、殿下の中では『確定』だ。

「それに既に、国王陛下にも許可はいただいている」

わぁ、殿下、仕事も早ぁい。さす殿……。

「だからエリィには、専属の筆頭となる者を選んでもらいたいのだが……」

ふむ。どうしましょうかね？

私は殿下とは違い、騎士たちの鍛錬に顔を出すような事が殆どない。故に、彼らを知らない。私の知る騎士は、せいぜいが殿下の専属護衛騎士くらいだ。

「では……、一つ、お願いをしても良いでしょうか？」

「何なりと」

頷いてくださった殿下から、私は視線を少しずらした。視線の先には、今日も静かに立っているグレイ卿。

「グレイ卿に、私の筆頭となる方を選んでいただけませんでしょうか？」

私の言葉に、グレイ卿は驚いたように僅かに目を見開き、殿下は「そう来たか」とでも言いたげに笑っておられた。

「……だそうだが、ノエル？」

「質問を、よろしいでしょうか？」

少し戸惑ったように言ったグレイ卿に、私は「どうぞ」と頷いた。

「何故、そのような大事な役目を、私に？」

ふむ。分かりませんか。

「私は、選べるほどに騎士の方々を知りません。それが一つ。そしてもう一つ——」

今日も静かに、殿下の邪魔をする事なく立つグレイ卿。気配を殺しているが、それでも彼が警戒を怠るような事はない。

殿下の後ろに居る彼が、気を抜いている姿を私は知らない。

「グレイ卿の真摯(しんし)な職務態度と、殿下や王家に対する揺るがぬ忠誠を信用しているからです。グレイ卿でしたら恐らく、私の意に沿わぬような方を推挙する事はないだろうと、信頼しているからです」

それが全てだ。要するに、私はノエル・グレイという一人の騎士に、全幅の信頼を置いているのだ。

グレイ卿は一度目を閉じると、小さく息を吐きつつそれを開け、私を真っ直ぐに見た。

「畏まりました。エリザベス様の、御心のままに」

言うと、一度深く礼をして、また元の体勢に戻った。

騎士様って、いちいち仕草が綺麗よね～。ぴしっ、ぴしっと折り目正しくて、惚れ惚れするよね～。その動作の美しさと無駄のなさも、グレイ卿を評価する一つだ。

「ではノエル、いつまでに候補を出せる？」

尋ねた殿下に、グレイ卿が軽く微笑んだ。

「お望みでしたら、すぐにでも」

その答えに、私は「は？」と呟いてしまい、殿下は少し楽しげに笑った。

「エリザベス様は、専属筆頭の年齢などは、ご自身と近い方がよろしいでしょうか？」

「いえ、全然気にしませんが。……あ、出来たら上は二十代までの範囲で抑えてはいただきたいですけど」

三十代とかだとね～、流石に年の差がありすぎるからね～。エリちゃんまだ、ピッチピチの十二歳だもの。

グレイ卿は私の言葉に軽く頷いた。どうやら単なる確認で、私なら年齢などは気にしないだろうと確信していたようである。

いや、してるけどね⁉

「で、誰だ？」

「はい。殿下にもお許しをいただく必要がございますが……。アルフォンス・ノーマンを」

ノーマン様は、殿下の専属護衛の一人だ。

自身の部下をサクっと売るグレイ卿！　ていうか、自分の部下を差し出しちゃっていいんすか⁉

「ああ、構わん。……ノーマンを呼んできてくれ」

部屋の隅に居た別の護衛さんに声を掛けると、お兄さんは「は」と短く返事をして出て行った。

いや、殿下も構おうよ！　殿下を守る壁が薄くなっちゃうじゃん！

でも大丈夫なのかな。筆頭であるグレイ卿が提案して、殿下が許可されるんだもんな。そもそもそれでヤバくなるなら、グレイ卿がそんな事言いださないだろうしな。

「アルフォンス・ノーマン、参じましてございます」

ややして、戸口でノーマン様が丁寧に頭を下げた。この人も、所作が綺麗。指の先までピシッと神経が行き届いてる感じ。

殿下はノーマン様をご覧になると、少し意地の悪い笑みを浮かべた。多分今、ノーマン様は嫌な予感に襲われている事だろう。殿下のあの笑みは、大抵ロクな事ない時の笑みだ。

「今、専属護衛の配置換えについて話していたんだがな」

「は……」

何の話をされるのか……と、ノーマン様は少し怪訝そうに殿下を見ている。

その気持ち、分かるぅ～！　殿下、胡散臭っ！　とか思ってるでしょ～？

「お前に、エリィの専属筆頭となってもらいたい」

殿下のお言葉に、ノーマン様は僅かに目を見開いたまま固まってしまった。

「返事は、三日後までで構わ――」

「謹んで、拝命いたします」

おい、護衛！　殿下の言葉、遮んな！　あと、返事早えよ！　大丈夫か⁉

発言を遮られた殿下は、それでも不快そうな様子もなく、むしろ楽しげに笑っておられる。

「そうか。では宜しく頼む。エリィの他の専属護衛については、ノエルとも相談するといい」

「は。承知いたしました」

私はただ、迷いなく頷き、殿下に美しい騎士礼を披露するノーマン様を、ボーゼンと見ていたのだった……。

放課後のカフェテリアは、それでも人がぱらぱらと居る。

ここは講師の先生方も利用するので、奥の方のテーブルにはユズリハの由来を教えてくれたヒューストン先生の姿も見える。先生は本を片手にすごい早さでパンを食べている。……喉に詰まったりしないだろうか。心配だ……。

さて、マリーベル嬢を探そうかな。

マリーベル・フローライト伯爵令嬢に日本語の手紙を貰い、それに従いここへやって来たのだ。

百席ほどあるテーブル席にはいない。そんなら外かなー？　と、オープンテラスへ向かうと、マリーベル嬢が一人でぽつんと座っていた。

絵面（えづら）が寂しいな、マリーベル嬢！　いや、私に気を遣ってくれたんだろうけども！

私は背後に控えているマリナとアルフォンスに、離れて待機していてくれとお願いすると、マリーベル嬢の居るテーブルへ向かった。

私の専属護衛の筆頭騎士となったノーマン様に、「敬称は不要です」と言われてしまったので、色々と試行錯誤の末、ファーストネームを呼び捨てさせてもらっている。……すんげー年上の人だから、未だに自分の中で違和感あるけど。いつか慣れるだろう。

最初は「アルとでも呼びつけていただいて構いません」などと言われたのだが、殿下が渋った。聞いた事ないレベルで低い声で「無理強いは良くないな、ノーマン？」と。……怖かった。

マリーベル嬢はテーブルに本を広げ、真剣な表情で読書に励んでいる。

「何を読まれているのですか？」

声をかけると、マリーベル嬢が顔を上げ、まるで私が来た事にほっとしたように微笑んだ。

「BでLな描写のある恋愛小説です。エリザベス様も読まれますか？」

おうふ……。え、何？　この子、腐ってるタイプの子？

「……ごめんなさい、遠慮します」

歴史の中に登場する衆道文化は、別に否定する気はない。この世界にも、前世にも、男色家の偉人は幾らでも居る。それも別に、それでいいと思う。けれど、娯楽としてのBでLなアレコレには、特に興味はないのだ。

マリーベル嬢は「ふふっ」と小さく笑うと、本をぱたんと閉じた。

……表紙に、薔薇のイラストが入っている。この世界でも、アレ系ってやっぱ薔薇なんだ……。

どうでもいい知識、一個ゲットだぜ！

「来ていただいて、ありがとうございます」

深々～と頭をさげるマリーベル嬢に、私は「いえいえ……」などと言いながら、釣られて頭を下げてしまった。

アカン。日本人の習性が……。

「エリザベス様は、頭なんて下げないでください」

マリーベル嬢にも笑われてしまった。

相手が日本人という先入観があるからだろうか。どうもこちらも、日本人的になってしまう。

「……で、早速ですけど、お話というのは……？」

尋ねると、マリーベル嬢は真剣な表情をした。

「単刀直入にお聞きします」

えらく真剣な声音だ。思わずこくりと固唾(かたず)を飲む。

「エリザベス様は、この乙女ゲームをプレイした事がありますか？」

乙女ゲーム‼　うっわ、マジか！　すっかり忘れてたわ、そんな事‼

「この世界は……、乙女ゲーム、なのですか……？」

攻略対象、ドレだ⁉　殿下以外、全く思い当たらねぇ‼

「はい。タイトルは……、全く思い出せないんですが、何か漢字とカタカナだった気がします」

すげぇ。情報量がほぼゼロだ……。

「四五八〇円（税抜）でした」

その情報いらねぇ。

「オープニングテーマ曲がクソダサくて、何度もリピートして聞きました」

めっちゃ気になる‼

「そのクソダサテーマ、ちょっと歌ってみていただいても……？」

ワクワクしつつ言うと、マリーベル嬢は「では……」と小さく咳払いをした。

「♪そう、あなたと出会った瞬間に～、世界がトキメキ色に変・わ・っ・た・のぉ～……みたいな」

「……ダセェ」

絶対売れない八十年代ポップスだ。絶妙にアカン感じのダサさだ……。

「はい。小節ごとにキャラの立絵が横からすっとスライドして出てくる的な演出で。その演出がまた安っぽくて、凄く好きで……」

うん、この子、何かちょっとおかしい子だな⁉

「エリザベス様は、ご存知ないんですね」

「ありません。……乙女ゲーム自体、殆ど知らないので……」

あと君のゲームの情報、内容が全くないけどな！　まあ、この世界を舞台にしたゲームを知らんのは事実。

「何を隠そう、私がゲームのヒロインなのです」

自分自身を手で示しつつ言ったマリーベル嬢に、思わず「わぁ……」と呟いてしまった。

「えー……と、では、マリーベル様は、ゲームの展開を再現したいとか——」

「いえ！　絶対に、ゲームを始めたくなくて、この学校を受験したのです！」

めっちゃ食い気味に、しかも身を乗り出してまで言われ、私は思わず身体を引いた。

『ゲームを始めたくなくてこの学校を受験した』という事は、ゲームの舞台はここではないという事になる。

まあ、この学校が舞台なら、あのクソダサテーマソングにはならんよなぁ……。下手したら、恋愛なんてしてる暇ないしな、この学校。

「では、ゲームの舞台はコックフォード学園ですか？」

「はい。お察しの通りです」

頷いたマリーベル嬢に、やっぱりか……という気持ちになる。

でもなー……。そうすると、攻略対象、マジで分かんなくなるなー……。殿下は絶対、コックフォードなんて通わないだろうしなぁ。……あ！　カッコイイ平民の男の子とかかな⁉　逆玉ゲーみたいな！

しかしそれにしても、だ。

「マリーベル様は……」

「あ、すみません。お話を遮って申し訳ありませんが、呼び捨てにしていただけますか？　エリザベス様に敬称を付けてもらえるような人間じゃないんで」

卑屈！　急に卑屈だわ、この子‼

「では、何とお呼びしたら……」

「もしよろしければ、マリーと呼んでください」

目がキラッキラしてる……。え？　そんなにマリーって呼んで欲しかったの……？　何、この子。ちょっと怖い……。

「では、マリーさん……」

「はい！」

うわぁ、なんでそんなイイ笑顔なんすかね……？

「マリーさんは、私に何の御用なのでしょう？」

乙女ゲーム展開は望まない……って言ってたよね。

『全部の攻略対象はアタシのモノ！』みたいなヒロインなら、「殿下に近寄らないでよ」とかあるんだろうけど。……ていうか、私やっぱり、悪役令嬢系？　ちびっ子悪役令嬢、逆に可愛くね？

「攻略対象の人たちって、今どこで何してんのかな……って思ってまして。もしかしたら、エリザベス様がご存知の方が居るかな……って」

「それを聞いて、どうされるんですか？」

「徹底して避けます‼」

……めっちゃイイ笑顔で、その台詞……。気持ちは分からんでもないけども……。

話が長くなりそうだったので、マリーさんとは後日また話をする約束をして今日は別れた。

　殿下がご公務でお留守の間に、マリーさんの話を聞いてしまおう。

　という訳で、久しぶりに帰って参りました、マクナガン公爵邸！　この家の中なら、どこに居ようが危険はない。マリナにも暇を出し、アルフォンスにもテキトーに休んでておくれやす、と伝えた。

　今日は学校がお休みの土曜日だ。

　マリーさんには迎えの馬車を出している。王家のじゃなくて、公爵家(ウチ)の馬車ね。

　しかし、乙ゲーでしたかぁ……。

　攻略対象が今何してるかを『私に』訊きたいって事は、高位貴族とかなんだろーなー。殿下の側近の、ロバート・アリスト公爵閣下とかかな？　でもあの人もコックフォードなんか通わないよな……。ていうか、スタインフォードの卒業生だしな。でも妹さん縦ロールだし、乙ゲー要素お持ちじゃない⁉

「お嬢様、お客様がご到着されました」

　暇を出している筈のマリナが呼びに来た。

「今行きまーす。……マリナ、暇を出した筈なんだけど……」

「はい。ですのでお嬢様のお部屋を整えまして、それが終わりましたのでお祈りも済ませて参りました」

……うん。何か話が噛み合ってないな？

あとサラッと『お祈り』っつってたな。その祈る対象は、例の我が家の救いの神だろうか。

「後で私にも、祭壇の場所を教えてちょうだい」

「それは出来かねます」

キッパリ断んなや！

「ほ、本日はお招きいただきまして、ありがちょ……ンッ、ありがとうございます」

どもったし、噛んだ。

頑張れ、マリーさん！　大丈夫だ！　カーテシーは綺麗だぞ！

「そんなに畏まらないでちょうだいな～。どうぞごゆっくりなさってね～」

お出迎えしたお母様が、のんびりとした口調で言うと、マリーさんは「ありがとうございます！」ともう一度頭を下げた。

緊張でガチガチのマリーさんを応接間に案内し、メイドがお茶を出して下がると、マリーさんは持っていたバッグから紙の束を取り出した。

「これ、覚えてる限りなんですけど、攻略対象書いてきました！」

あら、親切。

「ありがとうございます。……今、読ませていただいても？」

「はい！　大丈夫です。その間、私は本でも読んでますね」

言いながら今度は、先日も見た薔薇が咲き誇る表紙の本を取り出した。

……まだ読んでたんすね、それ……。

用紙は学校のレポート用紙である。色も素っ気もないのが素晴らしい。中身は全部、日本語で書かれていた。まあ確かに、これなら誰に見られても安心である。

攻略対象情報、と書かれていて、一人目は殿下だった。

やっぱ殿下だったか！　まあ、そうだよね！　王道だもんね！

……しかし、そこに書かれていた殿下の為人が、私の知る殿下と全く違っている。

え？　誰？　『無表情・無アイソ』って。あと、九歳の時に結んだ婚約が、一年後に白紙撤回って何が？　一年後ってむしろ、殿下にプロポーズ紛いの台詞言われたけど……。そんで、コックフォードに通う理由が『市井の人々と触れ合ってみたいとかなんとか』って、何？　殿下、そんな雑な理由で動かないけど⁉

すごい……。乙女ゲーム、すごい……。この殿下、微塵もときめかねぇ……。

二人目は、『内務大臣の息子　レナード・アーネスト侯爵令息』。

あー……と、溜息をついてしまう。居たねぇ、そんな坊ちゃん、という溜息だ。

正確には、『内務大臣だった人の息子のレナード君』だ。アーネスト侯爵は、現在は大臣を引退されている。大臣の引退にはどうも殿下が絡んでいるくさいが、殿下に訊ねても「どうかな？」と笑顔ではぐらかされる。

レナード君は昔、私に城の図書館で突っかかって来た坊ちゃんだ。私にウザ絡みしまくって、無事に殿下によって城から追い出されたらしい。というか、この誰に対してもウザ絡みしかしてこない坊ちゃんを追い出す為に、私が体よく利用されたようだ。……いいけども。そんな殿下が好きですけども。

マリーさんのゲーム情報では、『王太子殿下の側近』となっている。『インケン眼鏡枠』って何や。ただの悪口じゃねぇか。

『非常に頭が良く、常に周囲を見下している。』うん、そんな坊ちゃんだったやね。頭が良かったのかどうかは知らんけど。『彼が唯一かなわなかったのが、王太子殿下。』多分、本人が分かってないだけで、敵わねぇ人めっちゃ居ると思うよ。

三人目、『騎士団長の息子　モリス・サンディル』。『脳筋枠』。

あー……、遠い記憶の中に居るわ、この脳筋少年。

そんでやっぱ、現実もゲームも脳筋なんだ、この子。じゃあもう、殆ど不治の病じゃん、彼の脳筋。

殿下の護衛騎士を目指していた少年だ。あ、書いてあるわ。『殿下の専属護衛騎士（っていうんでしたっけ?）を目指している。』大丈夫、合ってるよ〜。

あ、恐ろしい事も書いてあるな。『殿下の側近で、護衛を兼ねている。』あの子を側近にする殿下、ヤバない⁉　いや、前の陰険眼鏡が側近も相当ヤバイけど。
もっと使える人材を集めましょうよ！　ゲームの殿下‼

そして次に出てきた名前に、思わず叫びそうになってしまった。

四人目、『エルリック・マクナガン公爵令息』。
ナ、ナンダッテーーー‼　こ、こここ攻略対象⁉　アレが⁉　あの我が家のクソ虫が⁉　あんな頼まれても攻略したくねぇぞ‼
……とりあえず心の中で一通り叫んで、少し落ち着いた。見たくない気がするが、続きを見てみよう。

『王太子殿下の元婚約者の兄』。そっすね。現実は『元』ではなく、婚約者ですけどね。ええ、その兄は確かに、同じ名前をしているような気がしますね……。『婚約てっ回いらい領地に引きこもってしまっている妹を心配している』。妹さん、引き籠りなんすかー。そりゃ心配っすねー（棒）。

『性格はおだやかで優しく、ちょっとシャイで恥ずかしがり屋』。

……待ってくれ……。鳥肌、スゲェんだけど……。

誰⁉　一人目の殿下以上に、誰⁉

『ヒロインのすすめで、わだかまりのあった殿下との和解に成功する』。……兄、殿下を勝手に敵視してるけどね……。

やべぇ……。思っていた以上に、このゲームやべぇ……。

五人目。まだ居んのか。いや、居るか……。『王太子殿下の護衛騎士　アルフォンスだか、アルフォンソだかいう、マンゴーじゃない方の名前の人』。

おい！　マンゴーじゃない方で正解だけども、突っ込ませてくれ‼

……これ、アルフォンスに見せたら、泣きそうだな……。いや、見せる気はないけども。

先日、私の専属護衛筆頭に推挙され、秒で快諾したアルフォンス・ノーマン君だ。因みにマンゴーはアルフォンソ・マンゴーだ。ペリカン・マンゴーやアップル・マンゴーより高いヤツだ。

マリーさん……。なんでアルフォンスだけ、こんな雑なんすかねぇ……？

ゲームのアルフォンスは『色っぽいチャラチャラお兄さん』。現実でもそうだけどな。無駄な色気がすごい。いや、任務の内容によっては無駄じゃないんだろうけど。護衛には必要ない色気が有り余ってるんだよね。見た目と発言がちょっと軽いのだが、それを一皮むくとクソ真面目な『ザ・騎士様！』だ。

『いつも笑顔だけど、心の底からは笑っていない、というカゲのあるキャラ』って、誰だよ‼　いや、他の人も全体的に「誰だよ！」って言いたいけど、これもマジで誰だよ！

アルフォンソ君は、腹が立つくらいの笑い上戸だ。私の言動がツボにはまり易いらしく、しょっちゅう噴き出すのを堪えていたり、堪え切れずに不自然な咳をしていたり、肩がぶるぶる震えていたりする。

エリザベス様のおかげで、腹筋が鍛えられます……って、うるせぇわ!!

あ、名前間違った。アルフォンス君でした。……マリーさんのおかげで、アルフォンスがマンゴーになりかけている……。マズい……。

さらにまだ居た、六人目!『ロバート・アリスト公爵令息』。

やはり『殿下の側近』と書かれている。

ロバート閣下、側近なのはその通りだけど、現在は若くして公爵位を継いでおられる。……ていうか、殿下も我が兄もそうだけど、彼もコックフォードなんて通う必要全くないよなぁ……。

設定、無理過ぎない？　このゲーム。

何々……？　『わがまま放題に甘やかされて育った妹に手を焼いている。』あら、閣下は結構その通りなのねえ。……縦ロール様、お元気かしら。『ヒロインをかわいい妹のように思い接しているうちに、恋がめばえる。』あら素敵ねぇ～。ご本人、色恋沙汰を面倒くさがって、縁談からも逃げ回ってらっしゃるものねぇ～。

閣下は『将来有望』どころか、現在この国の最年少公爵であらせられる、超優良物件だ。しかも顔が良い。乙ゲー攻略対象でも納得の顔の良さ。そりゃ縁談が来る。ゲリラ豪雨くらい降ってくる。それらを「私の婚姻などは、レオナルド殿下の後でと決めておりますので」と、忠臣気取った謙虚風な発言でかわしている。

本人、興味もやる気も全くないだけだ。

殿下が「では、私の婚姻が成ったなら、お前に縁談でもくれてやろう」と仰ったら、「あと四年しかないではないですか……」と絶望した顔をしておられた。

殿下をダシになんて使うからですよ、閣下。

マリーさんのレポートには『多分、まだ居たような気がします。』とメられていた。……まだ居んの？　もう充分じゃない？　こんなSAN値削る乙ゲー、初めて見たわ。

読み終え、ふー……と溜息をつくと、マリーさんも読んでいた本から顔を上げた。

「読み終わりました？」

「はい。……中々、精神が削られました……」

特に四人目の人に。

「そ、そうなんですか……？」

マリーさんが少し怯えている。

フハハハハ……！　本当の恐怖は、これからだぞ！　さあ、答え合わせといきましょうかね。

マリーさんが書いてきてくれた紙をテーブルに広げる。

いかにも女性らしいクセのある文字だが、丁寧に書かれているので読みやすい。……所々誤字があるのは御愛嬌だ。日本語など使用しなくなって久しいのだから無理もない。むしろよく覚えていたものだ。……漢字が少ないのも御愛嬌だ。スマホやＰＣにお世話になる事が多い現代人にとって、これは仕方ない。

「マリーさんは、よく日本語を覚えていましたね」

「そうなんですよねー」

マリーさんはにこにこと笑っている。

「私も書きながら、忘れないもんだなぁ……って思ってました。えっとホラ、『三つ子の魂、踊り忘れず』って言うじゃないですか！」

絶妙に混じっとる‼

「それは多分、『三つ子の魂百まで』と、『雀百まで踊り忘れず』が混ざってますね。……両方、同じような意味ですけれど」

『猫に真珠』的な感じか。何故ブレンドしたし。

「あ、そうなんですか⁉　……わー、ちょっと恥ずかしい……。間違ってた……」

僅かに頬を染め、小声で「恥ずかしい」を連呼している。

うん、まあしょーがないんじゃない？　この国にはない諺だし。

マリーさんは心を落ち着けるように、すっかり冷めている紅茶を一口飲んで息を吐いた。よくある小説の『花畑ヒロイン』と違って、所作はきちんとしている。言動は砕けているが、それは恐らく公式の場でないからだろう。……話題も話題だし。

「それでですね……、ここに挙げてる人って、実在しますか……？」

まあ、彼女の身分では、これまで関わる事のない人ばかりだろう。実在するかどうかが分からなくても無理はない。

「します。全員」

頷くと、マリーさんは何とも言えない微妙な表情で「するんだ……」と呟いた。嬉しそうな感じは全くない。むしろちょっとイヤそうである。

まあ、読んでいる段階でそうだろうな、とは思っていた。マリーさんの書いている情報に、ちょいちょいトゲを感じたからだ。特に陰険眼鏡と脳筋少年の項で。

ゲームを再現したくないだけでなく、多分、面倒くさい攻略対象にも会いたくないいんだろう。

「王太子殿下に関しては、特に問題ないでしょう。……避けるも何も、そちらが関わろうとしなければ関わることなどないでしょうし」

言うと、マリーさんはうんうんと頷いた。

「でもあの……、私、ちょっと思ったんですけど……」

マリーさんはこちらを見て、いかにも不思議そうに首を傾げた。

「ゲームのヒロインって、よく王太子殿下に突撃しようとか思いましたよねぇ？」

それな‼　私も思ったよ！

「学校始まってから見てますけど、あれだけ護衛の方に囲まれてて、ご本人も近寄りがたいオーラ出してんのに、何で平然と『レオ様～♡』とかって寄っていけたんでしょうね……？」

その通りだけど、君が言うとこっちが不思議になるよ！　君、ヒロインなんだよね⁉

「私もそれは不思議ですけれど……、マリーさんが書いてくださったこの殿下の情報、現実と合致してる箇所の方が少ないくらいなので……。そういうのも関係しているのでは？」

「あ、そうですね。それはあるかもしれませんね！　ていうか、殿下がコックフォードに通うっていう違和感が凄すぎて、他が結構どうでも良くなっちゃうんですけどね」

「確かに……」

そう。殿下がコックフォード学園に通うというのは、現実的にあり得ない。もしも殿下が希望したとしても、恐らく王城のどこかの部門からストップがかかる。

まず、学力的に通う意味がない。殿下がそれまでに修めている学問は、コックフォードのレベルを遥かに超える。

それでも通うとなると、単純に学費と時間の無駄である。学費は王太子予算から出る。つまり、国庫の歳出だ。税金だ。無駄遣いは許されない。学園に通う時間を捻出するためには、執務や公務を減らす必要がある。それをしてまで『市井の民との触れ合い』とか何とかを優先するか……という問題も出る。

そして警備の問題もある。殿下以外にも王位継承権を持つ方は居るが、殿下が立太子されたのは七歳だ。そこからひたすら国王となる為の教育を受けてきたのが殿下だ。『継承権がある』だけの方では、殿下の代わりなど不可能だろう。その殿下の身に何かあってはならない。

コックフォードはスタインフォードと違い、生徒数が非常に多い。そして入学審査が緩いので、素性が怪しい人間でも紛れ込めてしまう。日本で言うなら、皇族の方が地元の公立高校に進学してくるようなものだ。あり得ない現象だ。

私の知る殿下なら、それらを考慮して、ご自身の判断でコックフォードなど選ばないだろう。無駄が多すぎて、そもそも選択肢にすら上らないと思われる。

……ゲームの殿下、もしかしなくても『王太子』として期待されてないいんじゃない……？　私が死んでも、代わりは居るもの……みたいな？

それらの気付いた点を挙げていくと、頷きながら聞いていたマリーさんが苦笑した。

「あー……、期待されてないって言うか……。最悪、代わりは居る……ってのは、あったかもです」

やはりか。

「すぐ下の妹さんが優秀だから、その子が女王となればいい……とかって。エンディングは一応、ヒロインがお城に入る事にはなりますけど、婚姻したとかは出てきませんし」

リナリア王女殿下か‼

いや、うん、優秀だけどね。優秀なんだ、ホントに。そして優秀過ぎるが故に、彼女の目標は研究者である。王位になど、これっぽっちも見向きもしない。

もう一人の妹殿下は、ぎすぎすした世界に向かない、のんびりほんわりとした、春のお花のような愛らしい方だ。末っ子なので、周囲が期待をかけ過ぎなかったが故の、愛らしい姫様だ。

しかし、殿下が王太子として使えないとなれば、まあリナリア様に期待は向くだろう。そしてリナリア様が殿下を見限ったならば、彼女は恐らく仕方なく王位に就く。国と民を思う気持ちは本物だからだ。

「レオナルド殿下が駄目なら、妹殿下に……は、確かに不自然ではないですね」

言った私に、マリーさんは「ほぉぉ……」などと言いつつ頷いている。

まあ、詳しい内情などは話せないので、そこは割愛だが。


「じゃあ、次の陰険眼鏡はどうですか？」

……だから、ただの悪口だって、それ……。確かに陰険眼鏡だったけども。……ん？　もしかして『インテリ眼鏡』って言いたいのか？　声に出してみると、音が似てるし。

「彼が現在どうされているかは、私には分かりません。ただ、調べる事は可能です」

「調べるのは、難しいですか……？」

恐る恐る尋ねてきたマリーさんに、私は「いえ、特には」と否定した。

テーブルの上の呼び鈴を、一度チリンと鳴らす。一分と待たず、マリナが入室してくる。

「御用でございましょうか」

「バーネットから調書を借りてきて。アーネスト侯爵家の次男レナードと、第一騎士団長の子息モリス・サンディルの二人分」

「畏まりました」

丁寧に礼をして、マリナは出て行った。

「……で、少々お待ちを」

向かいで「？？？」という顔をしているマリーさんに言って、私は椅子に深く背を預けた。

ほんの数分後、何枚かの紙を持ったマリナが戻ってきて、それを渡してまた出て行った。

「えーと……、ではまずは陰険眼鏡（アーネスト様）ですね」

調書に視線を落とす。この『調書』とは何かというと、我が家の使用人バーネット君が趣味で作成している貴族調書だ。あまり使う事はないが、「見せて」というと嬉しそうに見せてくれる。身長、体重、趣味などのどうでもいい項目も、やけに細かく綴られている。

調書を見て驚いた。

「彼は現在、コックフォード学園に在学しているようです……」

「え⁉　ホントですか⁉」

マリーさんも、身体を乗り出す勢いで驚いている。そりゃ驚く。侯爵家の人間が通うような学校ではないのだから。

調書によると、スタインフォードを受験する事三回。入学審査で落ちる事三回。三浪の挙句、次期侯爵が確定している兄から「お前はとりあえず、コックフォードで基礎を学び直せ」と言われ、渋々コックフォード学園に入学する事になったらしい。今年からコックフォード学園の一年生だが、入試の成績は十位だ。……そりゃ、スタインフォードは無理だよ、レナード君。

ていうか、入試の成績とか、科目ごとの点数まで書かれてんだけど……。どうやって調べたんだ、これ。

「三浪……」

うわぁ……という表情のマリーさん。そうなるよねー。

まあ、スタインフォード生に浪人生自体は珍しくも何ともないのだが。

「それで、『自分が一番賢い』みたいにイキってたとか……」

それよ。しかも、コックフォードでも首席でも何でもない。

……図書室で会ったあの頃より、めんどくさく拗らせてそうだな、彼。めっちゃ会いたくないわ。

調書には、『将来的な展望としては、爵位を与えるにも他家に婿入りさせるにも人格に難があるという事から、飼い殺しの線が有力』と書かれている。……切ねぇ。

「性格としては、大体マリーさんが書いて下さった通りの方のようですけれど……。マリーさんが彼の性格を何とかして、伯爵家に婿に貰うというのは……」

「あ、イヤです」

即答。清々しいな。

「何て言うか、私、ボランティアでもカウンセラーでもないんで。ねじ曲がったの戻さなきゃならない人より、初めからねじ曲がってない人の方がいいです」

ごもっともや。

「乙ゲーヒロインというのは、心の広い方ですね……」

思わず呟いてしまった私に、マリーさんもえらく実感を込めて「ホントですよねぇ」と頷いていた。

さて次は、と。

お次の調書に目を落とす。元気な脳筋少年、モリス・サンディル君だ。

「サンディル様は現在、ベレスフォード騎士学院の二年生だそうですね」

「そうですよね！　騎士目指してんなら、騎士学校行けよ！　て思ってたんですよ！」

マリーさんの言葉に、私も頷いてしまう。というか、王立騎士団の入団条件の一つが、『騎士学院の卒業資格を有している』事だ。騎士を目指すなら、必ず行かねばならない学校なのだ。

調書には特に、殿下の護衛騎士を目指し云々（うんぬん）はない。諦めたか？

あ、違うか。殿下の専属護衛の枠、全部埋まってるから、目標を見失ったのか。……それは御愁傷様だ。

「彼は御父上が騎士爵をお持ちなだけの、ほぼ平民と変わりませんから、マリーさんの立場ならそうそう会う事はないでしょうね」

「良かった……」

めっちゃホッとしてんな。私は彼が近衛（このえ）になんぞなったら、会う事になるんだがな！


そして、だ。

問題の、四人目の、四人目（クソ虫）だ……。

「この四人目の、私の兄に関してですが……」

詳しく話したくないから、ささっと切り上げてしまおう。

「現在、領地に籠っております。まず会う事はありません」

終わり。

マリーさんがちょっと不満そうな顔をしてるが、終わりと言ったら終わりだ！　ＳＡＮ値のキープを優先だ！


「次は、マンゴーじゃない方の護衛騎士ですが……」

「高くて真ん丸で綺麗なマンゴーが、そんな名前ですよね⁉」

うん、そうなんだけどね。一個で何千円とかするけどね。

「アルフォンス、です」

「マンゴーがですか？」

「いえ、本人が。アルフォンス・ノーマンです」

ほう！　などと言っているが、本当に覚えたのだろうか。とりあえずマンゴーは置いておいて、話を進めよう。

「彼は現在、殿下ではなく、私の護衛騎士を務めてくれています。今日も、どこかその辺に居ます」

どこに居るかは知らんが。多分、呼べばくるだろう。

「じゃあ、顔は合わせる訳ですね……」

まあね。グレイ卿が殿下の背後に常に居るように、私の背後に常に居るからね。

「それはそうですが、会話をする事はほぼないと思います。……マリーさんから話しかけるなら、別ですが」

そう。彼らは無駄口など一切叩かない。話しかけられたなら返事くらいする。けれど、そこで長々と私語をするような事はない。

特にアルフォンスは、私の専属『筆頭』だ。グレイ卿がそうであるように、彼も規律などには厳しい。それでこその『筆頭』でもある。

「最近よく顔見るなーと思ってましたけど、エリザベス様の専属護衛だったからなんですね」

マリーさんが納得したように頷いている。

うん。ほんのひと月くらい前からだけどね。決定するスピードに圧倒されたけどね。ではここで、アルフォンス君の護衛就任までの流れを振り返ってみよう。ぽわぽわぽわわわ～ん（回想のふわふわした吹き出しが出る音）。

グレイ卿が推挙し、殿下が許可し、本人が快諾したアルフォンス・ノーマンの異動は、翌日には既に完了していた。

……このスピード感よ。

専属護衛騎士筆頭というのは、役職ではあるのだが、他の騎士の役職のように『叙任式典』などはない。関係各所に必要書類を提出しておしまいである。それらも三日後には完璧に完了していた。

皆さん、お仕事早くて素晴らしいです。前もって準備してた？　ってくらい早い。

専属護衛騎士が『誰の』専属であるかというのは、胸元に縫い付けられる徽章で示される。国王陛下であれば国章でもある王剣。王妃陛下は国花である薔薇、王太子・王太女殿下は国章に剣と並んで描かれる盾、そして王太子妃・王太女配はもう一つの国花スミレだ。王女殿下や、現在この国には居ないが王子殿下などは、小さな薔薇の花となる。第一王女殿下は薔薇が一つ。第二なら二つ……といった具合である。

就任の挨拶にとやって来たアルフォンスの胸元を見て、思わず言葉を失った。きっちりバッチリ、スミレの意匠の徽章が付いている。

「本日付でエリザベス様の専属護衛筆頭となりました、アルフォンス・ノーマンでございます。エリザベス様の信頼にお応えできますよう、全身全霊にて業務にあたらせていただきます」

わお。

「胸元の徽章は、まだ早いのでは……？」

一応、尋ねてみる。どうせ、殿下の差し金だろうけども。

「王太子殿下より、これを付けるようにと命じられました。ご不満がおありでしたら、どうぞ殿下へ」

イエー！　当ったりー！

不満？　いえいえ、とんでもない！　殿下のなさる事に不満などありませんとも！（ガクブル）

とはいえ、だ。だがしかし、だ。

「ノーマン様は、それで良かったのですか?」

「……と、仰いますと?」

「『殿下の専属』を、外される形になるのですけれど……」

王族の方々の重要度は、王>王太子>王妃>王位継承権持ちの王族>>>(超えられない壁)>王族の配偶者・婚約者だ。侍る者たちの序列もこの通りだ。つまり彼は、超えられない壁の向こう側に放り投げられた形になる。

しかしアルフォンスは私の言葉に微笑んだ。

「何も問題ございません。むしろ、身に余る光栄でございます」

あ、コレ本気で言ってるヤツだ。嘘はないかとか、探るのすら失礼なヤツだ。

彼はグレイ卿と並び、殿下の背後でよく見かけた顔である。つまり、グレイ卿に次ぐ、殿下の専属護衛のナンバーツーだ。その地位は、部外者が軽く語れるようなものではない。

誰の専属でない護衛騎士たちであっても、彼らに一様に共通するのは、国や王族への忠誠と、己が職務に対する責任感の強さと、誇りだ。

その彼が、己の主となる人間に向かって、笑顔で言い切った言葉を疑う訳にはいかない。

「……では、私が貴方の主で、良いのですね?」

「はい」

やはり穏やかに微笑んで、迷いなくきっぱりと頷く。

……見た目チャラくても、『騎士様』だなぁ。感心を通り越して少し呆れそうになるくらい、彼らの『覚悟』というのは固い。

「では私は、あなた方が『守るに値する』人間とならねばなりませんね。……これから、宜しくお願いします」

しょーむない小娘を守らせるワケにはいかんからね。そんなのに時間を割かせるには、彼らは勿体なさすぎる。

「……エリザベス様。もしよろしければ、お立ち願えますか？」

ほ？　と首を傾げる。

現在は、王城に賜った自室の椅子である。もし何らかの危険があって「立て」と言っているならば、彼らはもっと直截的な言い方をする。という事は、これは彼の個人的な『お願い』だ。

何じゃらほい？　と立ち上がった私の足元に、アルフォンスは静かに歩いてくると、当然のような仕草で膝を付いた。

はーーー!?　跪いちゃったけど、この人！　え!?　何なの!?　更に、手ぇ差し出してきちゃってんだけど！

「お手を……」

何すかー!?　マジすかー!?　でも私が手ぇ差し出すまで、この人このまんま待ってそうだしなー！

仕方なく、アルフォンスの差し出す白い手袋の手に、自分の手をそっと乗せた。私の手を彼は両

手で恭しく取ると、私の手の甲に自分の額を軽く押しあてた。

いや、ちょっと待とうか、アルフォンス君！　君は何をしているのかね⁉　自分が何をしているか、分かっているのかね⁉

うっすらパニックである。

この体勢はあれだ。この国における、騎士の最上級の礼だ。王や王妃に対してのみやるヤツだ。

「我が忠誠は、国に。我が剣は、貴女様をお守りする為に。我が全ては、貴女様の御為に。この身の全てを捧げる事を誓います、我が主君（ユア・ハイネス）」

言葉が出ん……。騎士の誓いなんぞを立てやがったぞ、この男……。しかも『我が主君（ユア・ハイネス）』ときやがった……。

しゃーない‼　目の前でこんな真似されたら、応えぬ訳にいかなかろう！　ガラじゃないが、いっちょぶちかますか！

「たとえその身が砕けようと、わたくしを守る剣となり、盾となりなさい。わたくしエリザベス・マクナガンの名において、アルフォンス・ノーマンを我が護衛騎士と認めます」

「護衛騎士アルフォンス・ノーマン、お言葉、有難く頂戴いたします」

お決まりの口上である。

ただ本来、護衛騎士が述べるものではない。騎士団長などの役職付きの方が叙任される際、叙任の式典で陛下とするやりとりだ。なので正確には『我が主君（ユア・ハイネス）』の部分が『国王陛下（ユア・マジェスティ）』となる。それ以外にも、小さな差異がちょいちょいあるのが、キザである。

……よもや、目の前で騎士の誓いなんぞを見る事になろうとは……。

良いものを見た、という思いと、何しとんねん、アルフォンス！　という思いが半々だ。

アルフォンスは私の手をそっと放すと、立ち上がってにこっと笑った。

「末永く、お仕えできる事になれれば、と願っております」

「……それは私の台詞です」

溜息をつきつつ言った私に、アルフォンスが楽し気に「はは」と声を立てて笑った。

うっかり漏らしたちょっとした弱音に、こんな重てぇ忠誠という名の励ましが返って来るとか、誰も思わねぇよ……。怖えよ、アルフォンス君……。

これが、彼が私の専属筆頭になった経緯である。（回想終了）

「しかし……『年上お色気チャラ男枠』とはいえ、本当に大分年上ですね……」
あと、アルフォンスについてる属性、多すぎねぇか……？　一．年上、二．お色気、三．チャラ男て、キャラ渋滞してね？
「でもそれはやっぱり、乙ゲープレイヤーも十代ばっかりじゃないですからね。三十代とか四十代とかもっと上とかの人も居るでしょうから、攻略対象が十代の思春期少年ばっかじゃつまんないんじゃないですか？」

「言われてみれば、確かにそうですね」

納得。

「あと、十代の子なら、『大人の恋愛』みたいのに憧れたりすんじゃないですかね？」

いかにも『知らんけど』と後に続きそうな口調で言うね、君。君がプレイしてたゲームなんだがな……。


さて、ラストか。六人目だ。

「最後のロバート・アリスト公爵閣下ですが……」

「え⁉　公爵閣下⁉　次期公爵様じゃないんですか⁉」

おーおー、驚いとる。まあついこないだまで子爵家の令嬢だったから、高位貴族の情報に疎くても許されたんだろうね。これからはそうはいかんだろうけど。

「いえ、現公爵閣下です。彼に関しては、ほぼ情報通りですね。肩書き以外は。現在、殿下の側近をされておりますし。……ただやはり、コックフォード学園には用はないんですけれど……」

「あ！　いえ、ロバート様は生徒じゃありません」

思い出したようにマリーさんが言った。

「ロバート様は学生じゃなくて、殿下のお側にたまに現れる系のキャラです。そのたまに現れた時にフラグを立てると、ルートに入るみたいな感じで……」

「ああ、成程……」

閣下、レアキャラ感ありますね！　やりましたね！

「この六人の中なら、閣下はお薦めですね。イベントを起こして閣下ルートとかどうですか？」

「いやいやいや‼　ないです、ないです！」

慌てたようにぶんぶんと手を振るマリーさんに、軽く首を傾げた。

「そうですか？　閣下は人格に難もありませんし、外見も非常に麗しいですし、殿下の側近として将来性もあるのですけど……」

「公爵様とか、ありえませんよ！　分不相応というものです！」

キッパリと……。

いや、マリーさん伯爵令嬢だから、別に『分不相応』でもないんだけど……。

「あの、エリザベス様……」

おずおずと、マリーさんが上目遣いでこちらを見る。

「殿下以外の方って、性格とか、この通りだったりします……？」

「陰険眼鏡は陰険眼鏡ですし、脳筋は脳筋でしたね。……現在はどうか知りませんが」

「うわ……、そうなんですね……」

絶対近寄んないどこ、という呟きに、その方がええやろなぁと頷く。

「では、エリザベス様のお兄様は……？」

「兄は死にました」

「えッ⁉」

貴女の愛したエルリックは死んだ！　何故だ!?　……クソ虫だからさ。

「……兄に関しては、ここに書いてある事を脳が理解を拒むレベルで別人です。もしマリーさんがゲームのエルリック・マクナガンがお好きだったならば、その夢を壊さぬ為にも、兄に関しては『死んだ』という事にしておきたいかと」

「え……？　あ、えっと……、よく分かりませんが……。……ご愁傷様です……？」

「痛み入ります」

妹思いの優しくシャイなエルリック・マクナガンなど存在しない。事実、ゲームのそのキャラは死んだようなものだ。代わりに存在しているのがアレとか、どうして言えようか。

「アルフォンスに関しては、……ちょっと難しいですね。ですがまあ……、大体、ゲーム通りなのでは……と」

そう。護衛騎士という人々は大抵、常に静かに穏やかに、存在感を殺してそこに居る。彼らはそういう訓練も受けている。周囲を警戒させぬよう、威圧感を抱かせぬよう。それは、彼らの持つ爪や牙も隠す。

グレイ卿なら、常に静かに穏やかに。アルフォンスなら、少し軽薄に軽妙に。彼らのあの態度は、ちょっとした擬態だ。本来の彼らがどういう人物なのかは、私も恐らく分かっていない。

ただ、アルフォンスに関しては、この小娘相手にクソ重い誓いを立ててくれる程度には、真面目で誠実で不器用な男だと知っている。もしもゲームで、ただチャラいだけの兄ちゃんと描かれていたのだとしたら、それは彼の一面でしかない。

「アルフォンソ様、グッドエンドだと騎士辞めちゃうんですけど……。『本当に守りたいものを見つけたんだ』とか何とか言って」

「……マリーさん、アルフォンソはマンゴーです。彼はアルフォンスです」

「一文字くらい違っても、バレないいんじゃないですかね？」

「そうですね、メリーベルさん」

「……あー……。申し訳ありません。アルフォンス……、アルフォンス様……」

なんか薄々感じてたけど、この子、実は結構大雑把だな⁉　一文字くらいバレないって、んな訳あるか！

しかし、『騎士を辞める』か。なさそうだけどな、彼を見てる限り。

窓の外をふと見ると、ちょうど馬丁が通りがかった。それに対して『護衛騎士、呼んできて』とハンドサインを送る。『ＯＫ』のサインが返ってきて、馬丁はどこかへ消えていった。

……やっぱウチ、便利でいいな。いちいち誰か呼ばなくても、見かけた誰かにハンドサインで話通じるし。

「今やってた、手話みたいの、何ですか？」

きょとんとしているマリーさんに、「どうぞお気になさらず」と答え、少々待つ。

やがて、掃き出し窓の外に、馬丁に連れられたアルフォンスがやって来た。

「そんじゃお嬢、俺はお祈りの時間なんで」

「その祭壇の場所、後で教えてよ」

「イヤっす！」

また断られた！　あと、『お祈りの時間』て、決まってんのか！

「お呼びでございましょうか？」

去って行く馬丁を少し気にしつつ、アルフォンスが尋ねてきた。

「少し訊いてみたい事があって……」

「何なりと」

笑顔で言うアルフォンスに、私もにこっと笑ってみた。

「護衛騎士を辞める予定はありますか？」

尋ねた瞬間、アルフォンスの笑顔が固まった。ははは。怖ぁい。めっちゃ固まってる。

「……質問の意図を、お尋ねしても？」

「少し思っただけ、でしょうか？」

「……そうですか」

ふー……と、長い溜息をつかれた。スマンな、精神にダメージを与えてしもうて。

「答えは『否（いな）』です。この腕が剣を持てぬ程に衰えたなら、その時には退きましょう」

うん。そう言うと思ってた。別に試した訳じゃないからね。……後でフォローしとこう。

「おかしな質問に答えてくれてありがとうございます。……あ、あともう一つ尋ねたいのですけれど」

「はい」

「モリス・サンディルという少年を知っていますか?」

尋ねると、僅かな間があって、それから思い出したというように頷いた。

「はい。現在、騎士学院に在籍していたかと。……彼が何か?」

不思議そうな顔をしたアルフォンスに、にこっと笑うとマリーさんを手で示して見せた。

「彼女が彼を知っているそうで。現在どうしているのか、少し知りたかったようです」

「そうですか」

マリーさんがちょっと慌てているのだが、別にこれといって嘘も言っていないのだからいいだろう。

「お二方は、騎士団の入団試験の仕組みをご存じですか?」

尋ねられ、私はマリーさんと顔を見合わせきょとんとした。

「私は、知りません……」

すいません、とマリーさんが小声で言った。大丈夫よー。そんな恐縮するような事じゃないから。

貴族令嬢で知ってる人の方が、多分少ないから。

「騎士学院の卒業資格を有し、実技と筆記で一定以上の成績を修め、その上で面談……ではありませんでしたか?」

「仰る通りです」

頷いているアルフォンスはいいとして、マリーさんが小声で「エリザベス様、素敵～」とかほざいてんだが……。素敵～の意味が分からんのだが。

「お尋ねのモリス・サンディルは、その『面談』で入団試験を二度落ちています。なので現在も自主的に騎士学院に残っているようです」

「二度……」

はい、と頷くアルフォンス。

でもあの少年、『騎士』としては見どころがない訳じゃなさそうだったんだよな。『護衛騎士』としては、見どころゼロだったけど、……ってもしかして。

「彼はもしかして、『護衛騎士』を志望していますか？」

尋ねると、アルフォンスがにこっと笑った。

「はい。仰せの通りです」

「もし貴方が面接官であったとするならば……？」

彼を通すのか、通さないのか。

「不可以外にありえません」

綺麗な笑顔できっぱり言い切ったアルフォンスに、やっぱりな……という思いになった。

彼は恐らく、あの幼い日の脳筋少年から変わっていないのだ。……アレを導くのかー、ヒロインちゃんて。ゲームのヒロインちゃん、マジ天使じゃね？

「本年度の採用面接は、グレイも担当したようです」

わお。アルフォンスが不可とするのだ。グレイ卿ならば――

「不可、一択でしょうね」

それしかないわな。と告げると、アルフォンスは肯定するようににっこりと笑った。

アルフォンスを下がらせて、私はあともう一つ、気になっていた事をマリーさんに訊ねた。

「そのゲームには、『悪役令嬢』などは居るのでしょうか?」

「いえ、居ません」

笑顔ではっきりと言うと、マリーさんは軽く息を吐いた。

「ていうか、ストレス解消の為にゲームするのに、なんで彼女付きの男落として修羅場を演じる……とかわざわざしなきゃなんないんでしょうね? フツーにただ恋愛だけしてりゃいいと思うんですけど……」

「同感です」

心の底から、同感です。

てことは私は、悪役令嬢などではないのか。じゃあ、卒業パーティで断罪→婚約破棄コンボとか、そういうのもないんだな。……あの殿下が、そんな馬鹿な真似やらかすとも思えないし。

殿下が誰かを断罪しようとしたら恐らく、相手は気付いたら居なくなってるパターンだと思う。

……ていうか、気付いたら姿見なくなってる貴族とか、そこそこ居るんだよね、実際……。

悪役でない事は、素直に良かった。

でも何か、ちょっと引っかかる部分もある。

うん。ちょっと考えてみようかな。この、『ゲームと現実の齟齬(そご)』について。

第3話　王太子妃専属護衛騎士が出来るまで。

我が全ては、貴女様の御為に。

これまで積み上げた全てと、これから更に上積みされるであろう全てを、ただ我が主君の為に。

それが私、アルフォンス・ノーマンの護衛騎士としての矜持だ。

近衛騎士隊の一部に、『護衛騎士』という者がいる。私はそれだ。

黒を基調とした団服は近衛の徴。その中でも、護衛騎士の団服は刺繍の紋様や装備などが異なる為、分かる者にはすぐ分かる。

城の警備などをしている第一騎士団の団服は、明るめの紺色だ。市街の警邏をする第二騎士団は青灰色。一般の市井の人々にとっての『騎士様』は、青灰色の団服の者だろう。そして『お城の騎士様』とは紺色。我らのように黒色の団服を着用する者を目にする事は、ほぼないだろう。

そして、貴族の言う『騎士様』は大抵、我らのような黒色の団服を身に着けた者だ。王族からの信の篤い我らを、何とかして取り込めぬかと考える愚か者ども。

更に、貴族のご令嬢が憧れる『騎士様』も、面倒な事に我らである。

王太子殿下の専属護衛に選抜されたので、私の仕事は殿下と殿下の大切な方をお守りする事だ。

自然、エリザベス様のお側に侍る事が多くなる。

ご令嬢の護衛は面倒なのだ。

我らの事など『居ないもの』と扱ってほしいのだが、やたらと話しかけてきたりする方が多い。

私は大分ご令嬢に好まれる見目をしていると自覚している。それも悪いのだろう。

初めてお目にかかったエリザベス様は、まだ五歳であられた。ふんわりと波打つ淡い金の髪が妖精の羽のようにも見える、非常に可憐でお可愛らしいご令嬢だ。

これはまた王太子殿下は、素晴らしく美しい姫を見つけてこられたものだ。

そんな風に思った。

当時五歳であられたエリザベス様は、その年齢のせいもあり、滅多に人前にお出ましになる事がなかった。マクナガン公爵家に娘が居る、という事は周知の事実であっても、その娘がどういう容姿でどのような気性なのかまでは知られていなかった。

殿下もエリザベス様のお美しさに、少々驚かれていたようだ。

けれどエリザベス様の本領は、その妖精の如き可憐なご容姿ではなかった。

我々の見目ではなく、『配置』などを見ているご令嬢が居るとは、露ほども思わなかった……。

しかもエリザベス様は『死角がなく素晴らしい』と評してくださった。

ご令嬢にそのような称賛をいただくのは初めての経験で、それが王太子殿下のご婚約者様であるという事実に、我らは背筋の伸びる思いだった。

これは気を抜けないな、などと笑い合ったが、全員内心では戦々恐々としたことだろう。業務中に気を抜く事などあり得ないが、恐らくエリザベス様なら一瞬の緩みにも気付かれるのでは……と思わせるからだ。

初見で我らの『配置』などをご覧になられたエリザベス様は、とても風変りな方でいらした。

エリザベス様と王太子殿下は、殿下の私室近くにある小さな庭園で、よくお茶の時間を楽しまれる。『春の庭』と名のついた、王太子殿下と王太子妃殿下の為の庭だ。彼らの部屋から美しく見えるように計算された庭園で、当然、警備のしやすさなども考慮されている。

春の庭に初めて通されたエリザベス様は、既に恒例となっていた我らの配置の確認をされた。そして満足したように小さく笑い、うんうんと頷くのだ。

エリザベス様のあの小さな頷きに、我らは少しだけ安心する。それはエリザベス様の目から見て穴がなく、『素晴らしい』と評していただいているに他ならないからだ。

殿下とエリザベス様は、ここで様々なお話をされる。流行の物語や、新しい宝石、美しいドレス、髪型や髪飾り……などの話は一切ない。驚くほどにない。装飾品の話は出た事があるが、それは『最近見つかった、古代文明の王族の墳墓から出土した副葬品』についてだった。しかも「あの時代にあそこまでの細工が出来るとは」だの、「留め具に使用された金属の腐食具合」だの、「硬度の高い宝石をどうやってカットしたのか」だの、色気を遥か彼方に置き去りにした会話だった。途中から、王城勤務の学者であるナサニエル師まで入ってきて、非常に活発な議論となっていた。

殿下が「これは何の時間だろうか」と言いたげに、遠くを見ておられたのが印象的であった。

ある日のお茶会に、殿下が少々遅れるとの連絡が入った。

エリザベス様は気を悪くした風もなく「分かりました」と頷いておられた。エリザベス様は待たされる事を全く苦になさらないお方だ。

案の定、庭の様子をご覧になられて、頷いたり、首を傾げたりしておられる。視線を上向けたり、背後を振り返ってみたり、何をご覧になられているのか。季節は折しも春で、この『春の庭』が一番華やかな時期である。

しかしエリザベス様は、美しい花に驚くほど無関心な方だ。

殿下が「エリィはどうして、花にそう関心がないのかな?」とお尋ねになられた事がある。花に関心がない為、『無難且つ準備が容易な贈り物』の筆頭とも言える花束などをお喜びにならないのだ。殿下がいつも贈り物に頭を悩ませている事を知る我らからしても、その質問の答えには興味があった。

花が苦手で……というご令嬢自体は、これまでも出会ったことがある。ある者はアレルギー持ちという仕方ない理由だったし、またある者は「枯れてしまうのが、可哀想で……」という至極どうでも良い理由だった。枯れても来年また咲くだろうに。『お花が可哀想と思える私が優しくて素敵でしょう?』と幻聴が聞こえてしまった。

さてエリザベス様はなんと答えるか……と見ていると、非常にバツが悪そうなお顔で俯かれてしまった。そして小さな小さな声で、恥ずかしそうに仰ったのだ。

「……食べられない花に、興味をもてませんで……」

食べる気だったのか⁉

いかん。笑ってしまいそうだ……と、腹にグッと力を入れて耐える。

「……食べられる花なら、興味があるのかい？」

尋ねた殿下に、エリザベス様はぱっとお顔を上げられた。

「食べられるなら、それは『花』ではありません。『食品』です！」

ふんす、と息を荒げて力説される。

……いかん……。思わず変な息が漏れてしまった。おい、ディオン！　私が耐えているんだ！

お前ももうちょっと耐えろ！

「そうか……。『食品』、か……」

何とも言えない口調の殿下のお言葉に止(とど)めを刺され、私は気持ちを落ち着ける為に咳払いをする羽目になるのだった。

そんなエリザベス様が、庭園を眺めておられる。何をご覧になられているのか……。

そう思っていると、エリザベス様はお席を立たれ、私の正面まで歩いてこられた。

「すみません、少々、お話をよろしいですか？」

「はい。なんでございましょう」

これは珍しい。

エリザベス様が私にお声を掛けられたのを見て、控えていた他の護衛がすっと立ち位置を変更する。そのちょっとした動きも、エリザベス様は目で追っておられる。

「……現在、私の八時の方向に、ちょっとした死角がありませんか？」

「……ございます」

やはり突っ込まれた。

貴人にお声を掛けられた場合、その護衛は数に入れないのだ。そしてその穴は、他の護衛でカバーするように動く。

エリザベス様にそういった細かな警備の話など、恐らく誰も教えてはいないだろうが。この方は何故かそういった箇所にすぐ気付く。

「もしもエリザベス様のお話が長くなるようであれば、数分後にもう一人騎士が配置されます。御心配は無用です」

「成程。納得いたしました」

うん、と頷くエリザベス様に、ほっとする。

「で、お話とは？」

「はい。少々気になったのですが……」

エリザベス様は、右手の人差し指をぴっと立てると、それで真上を指さした。

「曲者が上から来たら、どう動きます？」

「は……？」

上から？

問われて、思わず上を見る。現在居る場所は庭園で、木々なども開けている。上を見ても空ばかりだ。

「例えば、二階のバルコニー」

言いながら、エリザベス様はそちらを指さす。次に更に高い場所。

「例えば、屋根。例えば、あちらの木の上」

エリザベス様は軽く微笑まれると、それらをぐるっと見回した。

「そこへどうやって潜むか……という事は、今は度外視してください。もしもそこから曲者が出たら、もしもそこから飛び道具が放たれたら。……どのように？」

そう。『どうやってそこへ潜むか』が一番の問題なので、実現する可能性はほぼないに等しい話だ。しかし、完全にないとも言い切れないだろう。

「それら危険と成り得るものを確認次第、殿下や貴女様にここから退避いただきます」

そのような事があったとしても、我らの仕事は変わらない。

お守りする対象を、何としても無事に守り切る。それだけだ。

「ではもし曲者が進行方向の上部に居たら？　建物内への進路に危険があるとするならば？」

「その場合は、別の経路をご用意いたします」

別に、避難経路は一つではない。

もしそれら全てが塞がれるような事があるならばそれは、城が数千からなる大軍勢に乗り込まれた時くらいだ。

「成程」

エリザベス様は満足したように、にっこりと微笑まれた。

……納得していただけて良かった。エリザベス様の笑顔とお言葉に、他の護衛もほっとしたように息を吐いている。……うん、そうなるよな。

「就業中の不躾な質問にお答えいただき、ありがとうございます」

「いえ。構いません」

拙い答えをお返しして、信頼を損ないやしないかと冷や冷やはするが。

「……おおよそ、一分程度ですね」

ふふっと小さく笑いつつ零された言葉に、また背筋の伸びる思いになってしまう。

流石はエリザベス様。正解です。

おおよそ一分。それは、私がエリザベス様と会話を始めてから、私の代わりとなる護衛が新たに配置されるまでの時間だ。

「あと、騎士様、もう一つお願いがあるのですが……。お断りいただいても、全く構いませんが」

「何でございましょう」

エリザベス様は私を真っ直ぐ見つめ、軽く首を傾げられた。

「少々、私を抱き上げていただけませんでしょうか？」

……は？　エリザベス様は今、何と仰られたか……。

「ええと、あの、こういう風に……」

と、幼子を縦に抱くような仕草をされる。

よく分からないが、そうした方が良いのだろうか……。数秒の逡巡の後、私はエリザベス様の側に屈み込んだ。

「では、少々失礼いたします」

「はい。宜しくお願いします」

エリザベス様の背と膝裏を支えるように腕を回し、その小さな体を抱え上げる。

「落ちたりなさいませんよう、どうぞしっかりとお掴まり下さい」

「はい。失礼しますね」

エリザベス様の小さなお手が、私の団服の背中をしっかりと掴んでいる。

子供を抱っこする体勢だ。私の顔のすぐ横にあるエリザベス様のお顔は、庭園をぐるっと興味深げに眺めておられる。

それを見て理解した。

私や他の騎士の視界を、見てみたかったのだな、と。

エリザベス様は、同じ年の頃の少女よりも小柄だ。我らの腰ほどまでくらいしかない。その視点と我らの視点では、当然ながら見えるものが違う。見え方も違う。

木々の茂る場所、低木の植えられた場所、花壇……と、我らが普段重点的に見ているものを、的確に次々とご覧になられている。

時折この方は、実は少女の皮を被った上官なのでは……と思わされる。

「エリィ？　何をしているんだい？」

すぐそこから到着された殿下にお声を掛けられ、エリザベス様は「あら、殿下……」と小さく呟かれた。私からは当然、殿下は見下ろす位置だ。エリザベス様もそれを確認されたのだろう。小さく頷かれている。

「降りられますか？」

殿下もご到着なされた。エリザベス様の『遊び』の時間も終わりだ。

「はい。お願いします」

頷いたエリザベス様をそっと地面に下ろすと、エリザベス様は私に向かって軽く頭を下げられた。

「ありがとうございました。興味深かったです」

「それは良うございました」

興味深い……かなぁ？　そんな風に思うが、エリザベス様の『ご興味』は変わっておられるので、そんなものなのだろう。

「何をしていたんだい？」

殿下に訊ねられ、エリザベス様は少し楽し気に笑っておられる。

「彼らの見ているものを、見てみたくて。こちらの騎士様にご協力いただきました」

言って、思い出したように私を振り向かれた。

「よろしければ、お名前をお伺いしても構いませんか？」

その言葉に、殿下をちらりと見ると、殿下は「構わない」という風に頷かれた。

「アルフォンス・ノーマンと申します」

「そうですか。ノーマン様、ありがとうございました。お仕事のお邪魔をしてしまいまして、申し訳ありません」

「いえ。問題ございませんので、どうぞそのままで」

エリザベス様は、もう一度「ありがとうございます」と礼を言うと、殿下にエスコートされお席へと戻られた。

その日の夜は、宿舎で「エリザベス様は上官より怖いかもしれない」と話題になった。

そして名前を憶えられた私は、それ以来、エリザベス様の無茶ぶりに時々付き合わされるようになったのだ……。恐らく、私ならば付き合ってくれる、と思われたのだろう。

それを筆頭であるグレイに言ってみたら、「信頼されているのだろう」と笑われたが。

木に潜んでみたい、だの、屋根に上ってみたい、だの言われる、こちらの身にもなってもらえないだろうか。こちらが提示する「出来ない理由」を納得された上で繰り出される屁理屈を、どうやって諦めさせようかと頭を悩ませる日々だ。

ある日、エリザベス様が王妃様とお二人で主催される茶会で、警護の為にそこに居る私に声をか

けてくる令嬢があった。

まあ、そう珍しい事ではない。自分で言うのも何だが、私はかなり見目が良い。ご令嬢に好まれる、甘い顔立ちをしているのだ。おかげで、見目も重視される近衛に入る事が出来たのだが、こうしてご令嬢に職務の邪魔をされる事もある。

ただ、邪険に扱う訳にはいかない。

私は自身でも鏡などを見て思うのだが、一見した印象が軽薄そうである。……グレイのように生真面目ぶった雰囲気を出せれば良いのだろうが、どうも浮ついて見えるようだ。生まれ持ったものなのだから、どうしようもないのだが。

そのせいもあり、ご令嬢からよく声を掛けられてしまう。遊び慣れていそう、などと思われるようだ。……別に、否定はしないが。それでも、貴族の令嬢（しかも未婚なら尚の事）に手を出すような真似はしない。そんな面倒くさい相手はご免だ。

我らはお茶の席からは大分離れた場所に控えている。そこへわざわざやって来たのは、ある伯爵家のご令嬢だった。豪奢な金の髪に、気の強そうな緑の瞳。昼だというのに真っ赤な口紅と、肩から胸元へ大きく開いたドレス。

……茶会を、勘違いしていないか？

夜会でならば映えそうな化粧は、陽の下で見るとけばけばしい。ドレスも昼ではなく、夜に着用するようなデザインだ。

それとも、令嬢のふりをした下級娼婦だろうか。それくらい、品がない。

「護衛騎士のノーマン様ですよね？」

こてんと首を傾げつつ尋ねてくる。その顔の角度なども計算されているのだろう。あざといという以外の感想がない。

「はい。私に何か？」

「少し、お話をしてみたく思いましたの」

私は話す事などないのだが。

ご令嬢は、かれこれもう十分ほど、私に向かってどうでもいいような話を続けている。私はというと、仕方がないので笑顔で適当に相槌を打っているだけだ。

壁に向かって話すのと大差ないであろうに、このご令嬢はよく飽きないものだな。

「そう！　わたくし先日、お父様に観劇に連れて行ってもらいましたの！」

……まだ続くのか。そろそろ席に戻ってくれないだろうか。いい加減、笑顔も引き攣りそうなのだが。

こちらのご令嬢を見る周囲の目も、大分冷ややかになっている。そもそも場を弁えない装いで軽く顰蹙（ひんしゅく）を買っていたようだが、現在は『軽い顰蹙』どころではなく侮蔑の視線が混じっている。

「人気の演目で、『エヴァーラントの湖の騎士』という劇なのですが、とっても素敵なお話でしたのよ」

……また、その話か。内心、盛大な溜息だ。

人気の作家が書いた物語を劇に起こしたもので、昨年の初演以来、非常に人気を博している演目だそうだ。特に、女性人気が凄い。

やたらとご令嬢にその話を振られるので、劇の原作となった物語を読んでみたのだが、半分ほどまで読んで挫折してしまった。何とか最後まで読み切った同僚に、最後までの物語の粗筋を教えてもらった。

個人的な感想としては『どこがおもしろいのか、全く分からない』だ。

エヴァーラントという架空の国の、騎士と姫君の恋物語だ。ざっくり言うと、政略で敵国へ嫁がされそうになった姫君を、彼女に想いを寄せていた美貌の騎士が攫って逃げる、という話である。

敵国との和睦の証の姫君を攫うな‼　と言ってしまった。同僚も頷いていたが。

この物語と劇のおかげで、私を含め騎士職の者たちはかなりの害を被っている。攫われたい姫君志望のご令嬢が多いのだ。

「わたくし、騎士が姫君に誓いを捧げる場面で、とても感動してしまって」

そしてよりによって、その場面か。

私が思わず読んでいた本を放り投げてしまった場面だ。その先はもう、馬鹿馬鹿しくて読む気にもなれなかった。

同僚は「こういうお笑いの寸劇だと思えば読める」と最後まで読み切ったようだが。……そうか。コメディと割り切る方法があったか……と、目から鱗だった。

「実際に、騎士の皆様にも、ああいう誓いのお言葉がありますの？」

あると答えたらどうせ次は、「ちょっと言ってみてくれ」と言われる。

さて、何とお断りしたら角が立たないか。

「トレイシー様」

声を掛けてきたのは、エリザベス様だった。

目の前のご令嬢とは違う、とても清楚な装いだ。ふんわりとしたワンピースは、何枚もの薄い布を重ねて独特の色合いを醸している。青を基調とした中に、薄い黄色のリボンが所々に飾られ、スカートの裾や袖口には金糸で刺繍が入っている。

殿下の独占欲が炸裂した、けれどとてもお可愛らしい衣装だ。

「先日入手いたしました、珍しいお茶をふるまっておりますので、どうぞお席へ。冷めぬ内に味わっていただきたいと思いますので」

「……ありがとうございます」

つまらなそうな顔で礼を言い、ご令嬢は席へと戻って行った。それが未来の王太子妃に対する態度か、とただただ呆れる。

ご令嬢を見送っていると、エリザベス様と目が合った。エリザベス様はちょっと苦笑されると、声に出さず口の動きで「お疲れさまでした」と仰った。疲れて見えたかな？　と、私もつい苦笑してしまった。

お茶会を終え、いつものように殿下とのんびりとお茶とお話を楽しまれたエリザベス様を、馬車停めまでお送りする。

茶会の主催という重責から解放されたからか、エリザベス様の足取りがぴょんぴょんと飛ぶように軽い。時折「るんた、るんた♪」と歌うような小さな声も聞こえる。

こうしていると、ただお可愛らしいだけの少女なのだが。

「……エリザベス様、少々よろしいでしょうか?」

声をかけると、エリザベス様が足を止め、不思議そうな顔で振り向いた。

「はい、何でしょう?」

こちらから声をかける事など、滅多にない。それを驚いておられるのだろう。

「昼間は、助かりました。ありがとうございました」

一礼すると、エリザベス様は「ああ……」と思い出したように呟き、苦笑された。

「いえちょっとアレは……、見ている私の方が冷や冷やしてしまって……」

冷や冷や?

不思議に思いエリザベス様を見ると、やはり苦笑したままで軽く首を傾げられた。

「彼女、踏み込んではならない場所に、自分からガンガン突っ込んでいくものですから。しかも無自覚に」

「……と、仰いますと?」

「架空の国の架空の騎士様がどうかは知りませんが、この国の『騎士である事』に誇りを持つ方に、振って良い話題ではないかと」

「架空の国の架空の騎士の物語は、お読みになられましたか？」

少し興味がわいて尋ねてみると、エリザベス様は深い溜息をつかれた。

「読みました。……『悠久なるアガシア』より、読了に時間がかかりましたが」

あの鈍器(本)よりも！　いや、気持ちは分かり過ぎる程に分かるが。

「ノーマン様は、お読みになられましたか？」

「……途中で挫折いたしました」

「心中、お察しいたします……」

酷く気の毒そうな口調で言い、深々と頭を下げられる。その少しおどけた姿に、思わず小さく笑ってしまった。

「ありがとうございます。……エリザベス様は、どのような感想をお持ちで？」

「あの騎士は、さっさと首でも刎(は)ねてやった方が国の為なのでは？」

再度溜息をつきつつ言われた言葉に、笑ってしまいそうになって口元に手を当てた。

「ノーマン様の感想は？」

「和睦の証を攫うな！　と」

「ごもっともです」

深く頷いたエリザベス様に、私も頷いてしまった。

「ご令嬢が胸をときめかせる気持ちは分からなくもないのですが、個人的な感想としましては『あれはナイ』です」

きっぱりと言ったエリザベス様に、少しだけ嬉しくなる。

「どうせなら、もっと荒唐無稽なモチーフにしてくれたら、私も楽しめたかもしれませんのに……。頭の中が花畑の騎士と、更なる広大な花畑の姫君の物語なんて、ただただ寒々しくって」

頭の中が花畑……。これまた、的確な表現だ。

「あの物語の中の、騎士が姫君に向かって誓いを立てる場面が、ご令嬢に人気なようです」

「そのようですね」

エリザベス様は頷くと、何度目かの溜息を零した。

「あの花畑満開の薄っぺらい誓いに、心など微塵も動きませんが……。まあ、お嬢様方が夢を見るのは自由ですからねぇ」

相変わらず、不思議な達観のある方だ。

「ノーマン様は途中で挫折されたそうですからご存じでないかもしれませんが、かの騎士は作中で姫君に対し、三度も誓いを立てるのです」

「……そうなのですか?」

何故そんなに、何度も……。作者はもしかして、『騎士』という職に何か恨みでも持っているのか?

「はい。しかも三回とも、少しずつ文言も異なるのです。……どれを信じたら良いのやら」

心から呆れる口調で言うエリザベス様に、思い切り同意したい。

「『誓い』というのであれば、生涯一度で十分でしょう。それを貫き、守り通してこそでしょう。

軽々しく、何度も何度も『誓います』なんて口にする必要もない。……そう思う女性は、少数派なのでしょうかねぇ？」

「恐らくですが、少数派なのでは、と」

やっぱりそうですかねぇ？　と、また溜息をつくエリザベス様に、私は感心していた。

『騎士の誓い』というものは、実際、存在する。ただ、物語に出てきたような、睦言紛いの甘い台詞ではない。長い台詞でもない。そして私たち騎士は、それを口に出す事は殆どない。

エリザベス様が仰った通り、恐らくは、『生涯に一度』だ。

騎士学院の卒業の際に、最後の授業として学ぶのだ。誓いの文言と、その意味を。

ただの言葉ではない。その言葉通りに在(あ)るという覚悟だ。己の全てを差し出すべきものに対し、誓いを胸にそこに立つという、騎士としての矜持だ。

軽々しく「言ってみてくださいませんか？」などと言ってくるご令嬢には、恐らく分からないだろう。

けれど今、エリザベス様が仰った言葉は、我々騎士が抱く思いと在り方そのものだ。

生涯において一度だけ立てた誓いは、貫き、守り通す。

やはりこの方は、令嬢の皮を被った上官なのでは……と思うのだった。


少しだけ。

私が生まれるのが、あと十年でも遅ければ……と思ってしまった。そうであればもしかして、エリザベス様の専属護衛となる道があったのでは、と。

王太子殿下の専属護衛という立場に、全く不満はない。殿下は国にとって替えの効かない大切な御身だ。それをお側で守るなど、光栄の極みだ。

けれど、少しだけ。

エリザベス様にお仕え出来たら、と。

騎士というものの『在り方』を、矜持を、ご理解くださるあの方をお守り出来たなら。それは恐らく、騎士として、とても幸せな事だろうと。

ほんの少しだけ、思うのだ。


ある日、休憩していると、同僚が呼びに来た。殿下がお呼びだから、至急執務室へ、と。

休憩中に呼び出されるのは珍しい。殿下はそういった部分をきちんと分けられる方だからだ。休む時は休む、就業中は業務に励む、それが徹底されている。……そういえば、エリザベス様もそうだ。あのお二人は、そういう部分でもお似合いだ。

殿下のお呼びに参じてみると、思ってもみない事を言われた。

「お前に、エリィの専属筆頭となってもらいたい」

一瞬、何を言われたか分からなかった。

エリザベス様の専属？　しかも、筆頭と仰られたか……？　私が？

「返事は、三日後までで構わ――」

「謹んで、拝命いたします」

思わず殿下のお言葉を遮る不敬を犯してしまった。しかし殿下は気にした風もなく、むしろ楽しげに笑っておられた。

何だろう、これは。都合の良い夢か何かだろうか。

その後、グレイと相談し、私以外のエリザベス様の専属となる護衛騎士を選抜するに至って、

「あ、夢じゃないのか」と思うのだった。


翌日には騎士団の事務局に配属変更の書類を提出した。その際、事務局長から新しい団服を渡された。

「これに着替えなさい」と手渡された団服の胸元には、王太子妃付き専属護衛の証である、スミレの花の徽章がつけられていた。

「王太子殿下よりのご命令だ。四年早いが、付けておいてくれ、と」

殿下のご婚約者様への執着は、城に勤務する者の間では既に常識である。

王太子付きの徽章のついた団服を返し、新たな団服に袖を通す。たった一か所。胸に着いた小さな徽章のみが変わった服。しかしエリザベス様なら、それにも気付くだろう。

新たな団服を着て、エリザベス様の元へと、着任の挨拶に向かった。

「胸元の徽章は、まだ早いのでは……？」

案の定、エリザベス様は気付いてくださり、少しだけ表情を引きつらせる。このほんの小さな徽

章の『重さ』に気付くのも、エリザベス様ならではだ。

「王太子殿下より、これを付けるようにと命じられました。ご不満がおありでしたら、どうぞ殿下へ」

と言うと、エリザベス様は「とんでもない」とでも言いたげにまた引きつった笑みを浮かべた。殿下には、文句を言うだけ無駄と分かっているからだ。

「ノーマン様は、それで良かったのですか？」

僅かに不安そうなお顔で、エリザベス様が尋ねてこられた。

「……と、仰いますと？」

「『殿下の専属』を、外される形になるのですけれど……」

ああ、本当に、この方は……。

王族の方々の序列に従い、私たち護衛騎士の序列も決まる。当然、最も優先されるべきは、国王陛下の護衛騎士だ。その序列で言うなら、現状『王太子の婚約者』でしかないエリザベス様は、最後尾である。

『王太子付き』から、『王太子の婚約者付き』となった私を、左遷されたとでもお考えなのだろう。

しかし、私個人としては、そのような考えはない。

ただ光栄でしかない。

我らの在り方を理解し、尊重し、協調しようとしてくださるこの方にお仕え出来る。ただ心から、嬉しい事でしかない。

なので、微笑んだ。

「何も問題ございません。むしろ、身に余る光栄でございます」

それ以外の感想などない。

エリザベス様はそれを理解してくださったようだ。それ以上、詮索のような事はなさらなかった。

かわりに、ぽつりと呟くような声量で仰った。

「では私は、あなた方が『守るに値する』人間とならねばなりませんね」

何を仰るのか。

我らの在り様を高く評価してくださるのは有難いが、私は貴女様を『守るに値する』と考えているが故にここに居るというのに。ご自身に自信がおありにならないのか、それとも我らを高く見積もり過ぎなのか。貴女様はそのままで、価値は既にあるのだ。

それを決めるのはエリザベス様ではない。私たち、貴女をお守りする騎士だ。

きっと、言葉を尽くすよりも、これが一番早い。そう思い、椅子にお座りのエリザベス様に、立ってもらえるようお願いする。

不思議そうな顔をしつつも立ち上がられたエリザベス様に歩み寄ると、その正面に跪いた。

エリザベス様が、小さく息をのんだ音がした。

手を差し出し、お手を取らせていただけるよう促すと、暫くの逡巡の後にそっと小さな手が差し出された。

我らが守るべき小さな細いお手を両手で戴き、その手にそっと自分の額を付ける。

エリザベス様の手が、びくっと小さく震えた。

この方が、この姿勢の意味を知らぬ筈がない。演劇の騎士の礼とは違う、この国の騎士にとっての最上位の礼だ。

私は、一度小さく息を吸って、吐いた。

「我が忠誠は、国に——」

騎士学院の最後に習う文言。口に出して読む必要はない。胸に刻め、と。

実際、口に出して発音するのは初めてだ。

「我が剣は、貴女様をお守りする為に。我が全ては、貴女様の御為に。この身の全てを捧げる事を誓います、我が主君（ユア・ハイネス）」

本来の『騎士の誓い』とは、多少文言を変えた。本来、剣を捧げる相手は民で、全てを捧げる相手は国王陛下だ。そして最後の『我が主君』が『国王陛下』となるのが、騎士学院で習う正しい『騎士の誓い』だ。

けれど、これでいい。生涯一度誓うならば、全てを主君となるエリザベス様に捧げよう。

果たしてエリザベス様はどうされるかと思っていると、小さく深呼吸をする音の後、とても静かな声で言った。

「たとえその身が砕けようと、わたくしを守る剣となり、盾となりなさい。わたくしエリザベス・マクナガンの名において、アルフォンス・ノーマンを我が護衛騎士と認めます」

嬉しくて、エリザベス様の小さな手を持つ自分の手に、少し力が入ってしまった。気付かれただろうか。

　これもまた、正式な誓いの返礼のアレンジだ。こういうところが、この方の凄いところだ。本来は『民を守る剣となり、国を守る盾と――』である。本当に、よくご存知なものだ。

「護衛騎士アルフォンス・ノーマン、お言葉、有難く頂戴いたします」

　そう締めて立ち上がると、エリザベス様が酷く複雑そうな顔をしておられた。恐らくは「何をとんでもない事を」などと思っておいでなのだろう。

　ご令嬢の憧れの、『騎士の誓い』ですよ？　もう少し、お喜びになられては？

　そして私は今日も、身なりを整え、漆黒の団服の袖に腕を通す。

　詰襟をきっちり留め、手袋を嵌め、部屋を出る。

　エリザベス様のお部屋の前で任務を交代し、エリザベス様がお出ましになるのを待つ。待つ間、もう一度襟を正す。

「おはよう、アルフォンス」

「おはようございます」

　さあ、今日も一日が始まった。

　時々振り回され、時々腹筋にダメージを受けながら、今日も護衛を務めるのだ。

閑話　疲労で思考がグダグダの王太子殿下による自分語り。

「エリザベス嬢はどうした?」

開口一番で言われ、思わずイラっとしてしまった。

その前に言う事があるだろう。私は輸出入協定の使者としてやって来ているのだぞ。形だけでもまずは歓迎の挨拶なりなんなりあるだろう。

「彼女は現在、学校へ通っております。学業に専念してもらう為、公務は最低限に控えております」

暗に、「お前はその『最低限』より下だがな」と伝える。まあ、どうせ伝わらない。

「そうか。それは残念だ」

やはり伝わらない。まあそれでいいのだが。

「よく来たな、レオナルド王太子殿下。ゆるりと滞在せよ。夜は歓迎の宴の予定だ」

「ありがとうございます。お心遣い、感謝いたします」

隣国の王との謁見を終え、王宮内に用意してもらっている部屋へと向かう。

友好国で同盟国なので、それほど厳重な警戒はいらないだろうが、それでも気を抜いていい訳ではない。

部屋へ着いて、我が国のそれとは様式の異なるソファに乱暴に座る。少し座面が固いのだが、それがこの国の様式だ。座って暫くすると、国から一緒に連れてきたエルザがお茶を淹れてくれた。

彼女は本来、マクナガン公爵家の使用人であり、エリィの侍女である。けれど、国外へ出るにあたり、エリィから借りてきた。

「おかしな様子などはないか？」

「はい。特には。この部屋にも、おかしな仕掛けなどは見当たりませんので、どうぞごゆるりとなさって下さい」

それだけ言うと、一礼して部屋を出て行った。

もう部屋を調べ終わったのか。仕事が早いな。

侍女としても申し分ない働きぶりだが、彼女には更に付随する価値がある。つくづく、マクナガン公爵家とは魔境だと思う。

謎しかない魔境マクナガン公爵家だが、使用人にも謎しかなかった。エルザは驚く事に、国王直属特殊部隊――所謂『暗部』と呼ばれる場所の出身だった。大きく分けて三部隊ある暗部の、『梟（ふくろう）』。主に諜報を担う部署だ。他の二部隊は、対象としたものの監視などを行う『鷹』、暗殺・破壊工作専門の『鴉（からす）』である。それぞれ全て、一癖も二癖もある連中の巣窟だ。暗部の構成員の全容を知るのは、国王と私のみで、王妃といえど、誰がそこに所属しているのかの全てを知る事はない。王妃の侍女に『鷹』が居るだとか、王の従僕が『鴉』であるとか、それを知る者は少ない。

その完全な秘密部隊である暗部に所属していたエルザは、恐ろしく才があり能があった。本人は公爵家の使用人で満足しているらしいのだが、折角なので少しは働いてもらいたい。個人的には非常に心外なのだが、私は彼女やその主にとって『神』だそうなので、私の命令は素直にきいてくれる。

……本当に、『神』と崇めるのをやめてもらえないだろうか……。信教の自由を法で謳ってはいるが、知らぬ内に神などに祀り上げられているこちらの身にもなってもらいたい。

宗教の弾圧をなさるおつもりですか⁉　とか、迫真の演技で言わないで欲しい。エリィも「我らの信仰心は奪われはしません！」とか、訳の分からない事を言わないで欲しい。マリナはただ静かに手を合わせるのをやめて欲しい。彼女のあの行動が、何気に一番心にくる。

さて、エルザが「問題なし」と評してくれたのだから、この部屋は安全だろう。

これでも一応、国賓だ。何かあろう筈もないのだが。

現在、公務で隣国へ来ているが、城を出てからこちらの王宮へ到着するまでで四日だ。長い。

これでも十年前より馬車の走行性能があがっており、早くなった方だ。とはいえ、分かっていても長い。

こちらで三日間公務を行い、来た時と同じ四日間かけて帰る。……長い。

その間、エリィに会えないのが、一番辛い。

ただ絶対に、エリィを一緒に連れてくる事は出来なかった。何故なら、この国の若き国王は、紛う事なき幼児趣味だからだ。

どこに出しても恥ずかしいド変態だ。

エルリックの行き過ぎたシスコンもアレだが、この王の趣味も理解が全くできない。

先王がつい数か月ほど前に病で退き、それを継いだばかりだ。王としての仕事ぶりは悪くないのだが、趣味が悪い。最低に悪い。

昨年、三か国合同で行う事業の調印式が、我が国の王城を舞台にして行われた。そこに、この国の国王ジャハル陛下も参加していた。当時は王太子であったが。彼は現在二十六歳だ。妃は居らず、独身。恋人も愛妾も居ない。女性に好まれそうな精悍な顔立ちの青年だ。

だが。

可愛らしいものが好き、と公言し、小動物と触れ合うのはいい。クマのぬいぐるみを贈られて喜ぶのも別にいい。それはそれとして、外交の仕事で我が国を訪問して、ずっと自分の隣にエリィを座らせるのは、どういう了見だ。しかも、勝手に髪に触れるな。肩も抱くな。腰に手を回すな。

……ほんの少しだけだが、死んでくれないかな？　と思った。今日も非常に元気そうだったが。

……そろそろ死なないものかな？

この国は強大な軍事力を持っている為、怒らせるのは得策ではない。エリィもそれはよく分かっているので、「二日間の辛抱です。耐えきってみせます」と目に涙を溜めて言っていた。

あの兄に比べれば！　と拳を握っていたが、エリィが不憫すぎて私の方が泣きそうだった。

だが、冗談（冗談だよな？　本気ではないよな？）で寝室に誘っているのを見た時は、うっかり殺気を漏らしてしまった。言って良い冗談と、悪い冗談があろう。アレは、殺しても良い冗談だ。

可愛いものを抱きしめていないと眠れないのだ、とかなんとか言い出したので、代わりに末の妹を差し出そうとしたのだが、妹たち二人に泣かれた。……少し申し訳なく思ったので、きちんと謝った。お前たちだって十分、一般的に『可愛い』と言われる容姿だろうに。そう言ってしまったら、末の妹のマリーローズが本気で大泣きした。宥(なだ)めるのが大変だった。

こんな場所にエリィを連れてくる事は出来ない。

こちらに外交で訪れる事が決まった際、エリィが「ヒッ……」と怯えた声を上げていた。

大丈夫。もう金輪際、あの王をエリィの側には寄らせないから。

これらの事情をエリィの侍女二人に話したところ、エルザが自身から同行を願い出てくれた。エリィの敵となる相手を見ておきたい、という理由だった。……エリィの敵ではあるが、国の敵ではないからと、一応念押しをしてはある。

しかし、初っ端からアレか……。先が思いやられるばかりだ。

ああ、エリィに会いたいな……。きっとエリィは私が居なくても、いつもと変わらず過ごしているのだろうけれど。

全てのやるべき事を終え、帰国の途についた。精神的な疲労がすごい。

エリィと出会う前は、こんな風ではなかったのにな……と、車窓の風景を眺めつつ思う。

エリィと出会う前の私は恐らく、面白味の全くない人間であったろう。

王と王妃の間の第一子、しかも男児。生まれ落ちた瞬間に、王位継承権第一位だ。誕生をそれは喜ばれた。『次代の王』として。

周囲に期待されているという事は、物心つく頃には既に分かっていた。第二子、第三子と女児であった為、より一層、私に期待がかけられた。王も王妃も、私に次代の王としての期待をかけてくれた。『王太子』となるべく、お二人は時間を見つけては、様々な事を教えてくれた。

私にとって彼らは『王』であり、『王妃』であった。血縁上の父と母である事は理解していたが、どうしてもお二人を『両親』と思うより先に、『両陛下』と思ってしまっていた。そしてそれが当然であると考えていた。

……恐らく、お二人には少し寂しい思いをさせてしまっていたのではなかろうか。

学校に通う為に時間をくれとお願いした際のお二人の笑顔が、初めて見るような柔らかい『親としての』笑顔だったからだ。

臣としてしか接しない私に、お二人は合わせて下さっていたのだろう。

申し訳ない事をしていたなと、今では本当にそう思う。それに気付けただけ、ましなのかもしれないが。

けれどそれも、エリィが居てくれたからだ。

エリィと一緒に居たくて、その為に学院に通いたくて、ただそれだけの為の我儘だ。穏やかに柔らかに、そして少し嬉しそうに笑うお二人に、僅かに胸が痛んだ。これからはもう少し、彼らの『息子として』接する機会をもってみようかと。そう考えた事を、エリィに言ってみた。

その言葉に、エリィもとても優しく微笑んで、頷いてくれた。

「是非、そうなさってください。両陛下も恐らく、お言葉にはされないかもしれませんが、お喜びになられます」

うん。そうだろうね。今の君とよく似た笑顔を、あの時の母上はなさっていたからね。

言葉には出さず、そう思った。

私はとても出来の良い子供だった。

両陛下が見目の麗しい方々なので、お二人の良い所を集めたかのように整った容姿をしている。お二人の聡明さも受け継いだ。

三歳から始まった教育では、特に躓く事も何もなかった。大人たちに囲まれて育ったので、頭の中身も同世代の子らよりは早熟であった。

それはまあ、可愛げなどないだろう。

今もし、私の目の前に、幼い頃の私が居たとしたら、『可愛げのない、生意気な子供』だと思うだろう。

可愛げのない理由は、頭でっかちだからだ。教師の講釈や、書物などで知識はある。けれど、人の感情に疎く、情緒が未発達。

考えてみたら、子供らしい癇癪など起こした事がない。大人びているといえば聞こえはいいかもしれないが、はっきり言って子供としては異常だ。

他人の感情に疎いばかりでなく、自分の感情も希薄だった。

幼い頃、妹のリナリアが両親から誕生日にぬいぐるみを貰い、飛び上がって喜んでいた。それに私は「良かったな、大事にするんだぞ」などと言って微笑んだが、その言葉にも表情にも、感情が存在していなかった。……リナリアは、よくそれに笑顔で頷いたものだな。振り返ってみると、あの妹も大概なのではなかろうか。

こういう時は笑うもの、こういう時は怒ってみせると有効、こういう時は悲しんでみせると良い。そんな『基準』で表情を選ぶのみだ。

……我が事ながら、薄気味悪い。上に立つ者として間違ってはいないが、私は『常に』そうだったのだ。全てが『感情』ではなく、『知識』と『思考』から齎（もたら）される。

笑顔がさぞ作り物めいていただろうな、と今では思う。

実際、エリィに「笑顔が時々胡散臭い」と言われた。……胡散臭いとはどういう事だ。エリィに対しては作り笑いなどしていないのに。……出会った当初はしていたが。

エリィと初めて顔を合わせた時もそうだ。

自身の知識から、『この年頃の女の子はこういうもの』という形を作り、それをエリィに当て嵌めようとした。まあ、あっという間に失敗したが。

あれ程に読めない相手は、初めてだった。

多くの令嬢が好むものにことごとく興味を持たず、私も敵わないと思う事もある程の見識を持ち、それでいて驕る事もなく無邪気で、時には老人もかくやという程に達観している。

そんな彼女に私は、会う度に必ず何か驚かされ、そして何かに気付かされるのだ。

それまで揺らいだ事のない感情の湖面が、エリィの言葉に、態度に、僅かばかりではあっただろうが、揺らぐのが分かった。

初めはほんの小さな揺らぎ。広い湖面に、水滴が一つ落ちた程度の。けれどその小さな波紋は消える事無く広がり続け、やがて湖面全体を揺らすさざ波となる。

おかげで、色々な感情を知った。

名前は知っていた。物語などでも言葉は見た事があった。けれど、実感がなかった。それらをエリィが教えてくれた。

一つずつ、これはきっとこう呼ぶ感情なのだな、と確認しながら。少しずつ、少しずつ積み重ね。

その結果、私は随分と人間らしくなったのではないかと思う。

気付けばエリィは、『私』という人間の中心に寄り添う、とても大切なものになっていた。失う事など、考えられないくらいに。

依存と言うなら言え。既に彼女は、今の『私』を構成する、とても重要で替えのないパーツなのだ。

彼女が居なければきっと、以前の私に戻ってしまうだろう。あの『可愛げのない、生意気な子供』で、そしてとても哀れな子供に。

ただ、感情というのは厄介なもので、大抵が表裏一体となっている。表は温かく、美しく。その裏は冷たく、醜悪に。愛情というのは特に美しい反面、おぞましく醜悪なものでもある。

綺麗な面だけを持っていてくれたら良いのに、目を背けたくなるようなものも同時についてくる。

エリィを愛している。それは恐らく、一般的に綺麗な感情である筈だ。

エリィは可愛い。恐らく、百人が百人、エリィを見て可愛いと言うだろう。決して私の贔屓目ではない。単なる事実だ。エリィは可愛いのだ。

実際、彼女は王城の使用人たちからも愛されている。

エリィはやたらと、使用人たちから菓子を貰ってくる。エリィはそれを不思議がっていたが、私は知っている。あれらは、菓子を食うエリィが可愛いので、それを見たくて菓子を与えているのだ。

つい使用人たちに、「エリィに無闇に菓子を与えないでくれ」などと、幼子の父親のような通達を出してしまった。多少の文句が出たが、私は王太子だ。文句を言われる筋合いはない。

エリィが菓子を食べて嬉しそうに表情を崩すところなど、私だけが知っていれば良いのだ。あの幸せそうに緩んだ顔を、他の人間に見せる必要などない。

そもそも、だ。

エリィ自身を人目に触れさせる必要があるだろうか。いや、王妃となるのだから、全く外に出さない訳にはいかない。けれど、必要以上に人目に晒す必要などないのではなかろうか。遠目からでもエリィを見て、懸想する不埒者が居るかもしれない。エリィは可愛いのだから、その可能性は絶対にある。何故ならエリィは可愛いのだから。

もしそのような身の程知らずの輩が居たら、どうしてくれようか。そしてもしも、エリィがそういった輩に、惹かれてしまったら――――?

ああ、駄目だ。そう考えただけで、全てが真っ黒に塗り潰されてしまう。

大丈夫。

エリィは私の側に居る。私たちは四年後には夫婦となるのだから。

大丈夫。

エリィは私と共に歩むと約束してくれたのだから。

そう言い聞かせておかないと、何をしてしまうか分からない。

エリィは私を信用してくれているようだけれど、私はエリィに関する事だけは、自分を信用していない。

一つ、ずっと気になっている事がある。エリィから、愛の言葉を貰った事がない。

嫌われていないのは分かっている。けれどエリィは、私を『男として』どう思ってくれているのだろうか。

ああ、全く。

こんな『不安』も、君が教えてくれたんだ。特に知りたくなんてなかったけれどね。

最近は、四つの歳の差が恨めしい。それさえなければ、すぐにでも彼女と婚姻できるのに。あと四年もあるとは！

けれど、エリィを王城へ連れてくる事には成功した。公爵たちがエルリックを素早く隔離して、エリィが「公爵邸へ戻った方が良いのでは？」などと言い出したが、それも何とか押し留めた。

君を怯えさせるエルリックから助けたかったのも本心だけれど、ただ君の側に居たいという気持ちの方が大きいんだよ。

逃がす訳がない。


エリィが現在使用しているのは、王太子妃の私室である。それは、王太子の私室の隣にある。王太子の居室があり、続き間に居間があり、その奥に寝室がある。

その居間は、王太子の私室からも、王太子妃の私室からも出入りが可能だ。奥の寝室は『王太子夫妻の』寝室である。現在は、私が一人で使用しているが。

……非常に残念な事に、王太子妃側の扉は、恐ろしく厳重に施錠されている。扉には鍵は一つなのだが、扉を固定する仕掛けが多数ある。全てで幾つあるのか、私も知らない。……どうやら、侍従長に信用されていないらしい。

以前尋ねたら「その時になりましたら、扉はきちんと開きますので、どうぞご心配なく」と微笑まれた。その笑顔が怖かった。……誰も勝手に開けようなど言っていないではないか。

だが扉一枚隔てた場所にエリィが寝ていると思うと、蹴破りたくなる。夜、眠ろうと寝台に入ると、早くここにエリィを招く事が出来たらいいのに……と考えて寝付けなくなる。

あと四年。

……私は本当に、我慢できるのだろうか。

いや、耐えねばならない。エリィは今まだ十二歳で、成長の途中だ。彼女に無理を強いてはならない。それに、無体を働いて嫌われたくはない。エリィと出会ってこれまで七年。その約半分だ。

きっと、あっという間だ。

……本当に。こういった下らぬ欲を持たぬ、清廉な人間であれたら良かったのに。

せめてエリィには、綺麗なものだけをあげよう。

彼女の望むものを差し出そう。

……早く会いたいな。顔が見たいな。声が聞きたい。

君に、触れたい。

ようやくの王城だ。

まずは両陛下に帰城の挨拶をし、成果の報告をする。その後、執務室へと寄り、簡単に報告書を作成し、ロバートに清書を頼んでおく。

留守にした間の報告を側近の三人から聞き、急ぎの書類だけ片付ける。日常に帰って来た、という実感が湧く。

残りは明日以降で、とペンを置くと、時間は九時を回っていた。……エリィに会う時間がない。もうエリィを訪ねるには非常識な時間だ。……あの居間の鍵さえ開けば……。いや、それはしてはならない。侍従長の私に対する信用が底辺まで落ちてしまう。既に信用はほぼされていないのだ、更に落とす訳にはいかない。

昔、エリィを公務のついでにミスラス共和国へと連れて行った。その時に、私をそっちのけで師と二人で楽しそうにしているエリィに腹が立ち、勝手にエリィの寝台に潜り込んだ。

侍従長は、それをまだ許していないのだ。

……子供故の、幼気な過ちと忘れてくれぬだろうか。無理だろうな……。


しんとした城の廊下を歩いて、自室付近で足を止めてしまった。私の部屋の扉の前に、エリィが居る。

疲労が祟って、幻覚でも見ているのだろうか。

「レオン様」

幻聴まで聞こえる。

こんな時間なのに、きちんとワンピースを着て、髪も結って。ああその服は、私が贈った物だね。

良かった、エリィによく似合っている。私の髪と、瞳の色だ。エリィにはずっと、その色を身に着けていて欲しい。

「レオン様、どうされました？」

エリィが軽い足取りで歩いてきて、私の手を取った。

温かい。もしやこれは、現実なのでは……。

「エリィ？」

「はい？」

呼びかけると、不思議そうな顔でこてんと首を傾げる。

本物だ。

「お帰りになられたと聞いて、お待ちしてたんです。……ご公務、お疲れさまでした。お帰りなさいませ、レオン様」

ふんわりと、花が綻ぶような笑顔で。とても優しい声で。

『お帰り』と、君が言ってくれるなら——

「ただいま」

返した言葉に、エリィがまた微笑む。私の手を取る小さな手を、思わずぎゅっと強く握ってしまった。

本当はもっと、こうして居たいけれど。本当はずっと、君と一緒に居たいけれど。

「遅い時間に、ありがとう。でも、エリィはもう部屋へ戻りなさい」

エリィの額にキスを落とし言うと、エリィは僅かに照れたように頬を染めた。……可愛い。

「……はい」

握っている手を放したくない。放したくはないのだが……。……侍従長、何故そのような廊下の角からこちらを窺っているのだ？

「おやすみなさいませ。また明日」

また明日。

そんな小さな、約束とも言えない言葉が、こんなに温かく嬉しいのだと。それも、君が教えてくれた事。

「また明日」

そっと、エリィの手を放す。

彼女が部屋へと戻るまで見送ると、侍従長も一度頷き消えていった。……この信用のなさよ……。

君が『お帰り』と言ってくれるなら。私は必ず君の居る所へ帰るよ。

おやすみ、エリィ。良い夢を――。

余談だが、この日エリィがここで待っていてくれたのは、エルザとマリナが私に気を利かせてくれたからであった。

後日二人に礼を言うと、褒美として肖像画を描かせてくれと言われたので、それは断固として断っておいた。

……その肖像画を、何に使うつもりなんだ？　公爵邸の祭壇とやらは、撤去されたんだよな⁉

要確認、と心の中のメモ帳にしっかり記しておいた。

第4話　フラグを立てるエリィと、それを即座にへし折る殿下。

殿下も長期お留守にするご公務は暫くないそうで。

殿下がご公務からお帰りになって以来、私にべったり張り付いてくる事があるんだけど。まあ、別にいいけど。……あちらで何かありました？　殿下、何にも言わないから分かんないけども。

まあともかく、学院生活も王城の暮らしも、平和で何よりだわぁ～。


この世界に、この国に転生して十二年。時折日本が恋しくもなる（主に食べ物と、様々な技術が）。

この国が日本より素晴らしい点はかなりあるが、個人的には以下の点を推したい。

まずその一、気候が安定している。

四季はある。……どうでもいいんだけどさ、よく『日本には四季がある』って自慢気に語る論調あるけどさ、世界中どこにでも四季ってあると思うのよね……。『日本の四季』って言うなら分かるけども……。

話が逸れた。

冬は温暖とまではいかないが、国の南方では積もる程の雪は降らない。王都でも、ちょっと積もってすぐ融ける。北の山岳地帯とその周辺はそれなりに積もるが、それはまあそうだろうね、というところだ。気温はどんなに低くても、氷点下にはほぼならない。暖かし。素晴らしき。

夏は最高気温が三十度いかない程度だ。殺人酷暑も、殺人残暑もない。家の中でじっとしてるだけなのにシャツが絞れる……なんて事はない。しかも湿度も五十％程度で、非常に快適に過ごせる。

こちらに生まれてからというもの、夏が好きになった。

春と秋は日本同様、とても穏やかに過ぎていく季節だ。春はあげぽよ。

その二。自然災害が少ない。

災害大国ニッポンと比べたら、地球のどの国だって少ない気もするがな！

まず、台風は直撃しないでしょ。降雪量もそう多くないから、ドカ雪で交通障害とか、集落の孤立とかもないでしょ。ゲリラ豪雨みたいのもないでしょ。だから水害も少ないでしょ。

そんでもって、地震もほぼない！　建物見てると、ちょっと怖えんだよね。多分、震度五もある地震きたら、かなりの人数が犠牲になりそうで……。いや、地形からしてそんな地震こないんだろうけども。

以上だ！

少ねぇとか言うなよ！　スゲー快適なんだぞ！

梅雨ねぇんだぞ！　放置したパンがカビる前にカッピカピになるんだぞ！　衛生的だろ！　地震だってねぇんだぞ！　夜中ダラダラしてるとこに、あの緊急速報のアラームでビックゥ‼　てさせられる事もねぇんだぞ！　……あの音、すげー心臓に悪いよね……。警報（アラート）としては正しいんだけどもさ。

現在は、七月の初め。

夏の前の少し強くなってきた日差しと、半袖だとちょっと冷たい風が吹く、とても気持ちの良い季節だ。

授業の休憩時間中、ふと外を見ると雨がパラついてきていた。梅雨のないこの国で、この季節の雨は珍しい。

朝からちょっと雲が多かったけど、とうとう降ってきたかぁ。雨降ると、頭の中に自動的にポエムが流れるんだよねー。女子っぽくない⁉　ポエムとか、女子力激高じゃない⁉

……まあそのポエムが『雨ってゅうのゎ。。』で始まる、某掲示板の有名コピペな時点で女子力ないんだけども。

ぼーっと、窓の外の空から降る一億のきゅうりを眺めていたら、ふと同じように窓の外を眺めるマリーさんが視界に入った。

非常に物憂げな表情だ。もしかして『雨の日のヴィオロンの……』とか諳(そら)んじていたりするだろうか。それは女子力高い。文学少女力も高い。何となくもしかして、元の詩が間違っているような気もするが……。あんまり詩は得意じゃないからなぁ……。

……エリちゃんも結構、本読むんだけどな……。文学少女力、どこに落としてきたかな……。

母さん、私の文学少女力、どうしたんでせうね？　……碓氷峠に落ちてるかな？

しかし彼女はどうしたのか。いつも無駄にバイタリティが溢れているというのに。

「どうかされましたか？」

不思議に思い声を掛けてみると、マリーさんはやはり物憂げな瞳でこちらを見た。本人「埋没系令嬢」と言ってはいるが、それなりに美少女だ。絵になる。

「あ……、雨が降ってきちゃったなぁって」

せやね。

頷くと、マリーさんはほぅっと溜息をついた。あら、アンニュイ。

「私……、寮の部屋の窓、閉めてきたっけかなぁ……って、心配で……」

ぅおい‼　女子力、クソ低いな‼　天気が良くても、外出時は窓は閉めろや！

「マリナ、彼女の部屋を見てきてもらえる？」

「畏まりました」

「あ、二階の南東の角部屋です！」

部屋の位置を告げたマリーさんに頷くと、マリナはさっさと出て行った。

「あー……これで安心です！　エリザベス様、ありがとうございます」

うん、まあ、礼はマリナに言ってもらえればいいから。ていうか……。

「部屋を留守にする際には、窓はきちんと閉めた方が良いと思いますよ？　あと、きちんと施錠もして」

「いえ、普段はちゃんとしてるんです。……ホントです！」

何故、目を逸らすのかね？　何故必死なのかね？

普段からちゃんとしてねぇな、これ。

年頃の女子だろうが！　しかも、伯爵令嬢だろう！　その辺、もうちょっと危機感持とうや！

心配事がなくなったからか、既に彼女から物憂げな雰囲気は霧散している。まあ、元気が何よりではあるが。この子、ホントに大雑把だな……。

私の同期となった学生の内、女子は私を含め四名だ。思ったより居たな、というのが正直なところだ。

……因みに、私は現在在籍する学生の中で、最年少だ。子ども扱いしたら、許さないんだから！

（ツン四、デレ六で）

数少ない女子の一人が、マリーさん。

彼女の志望は経済科だそうだ。家が商売を営んでいるので、その販路の拡充や、効率の上昇などを重点的に学びたいらしい。

乙ゲーヒロインという業を背負っているが、強く生きて欲しい。ゲーム期間は、彼女が十五歳から十六歳の一年間らしい。「まだ開始前なんですよぉ～」とか泣かれたが、泣かれても私には何も出来ん。本人「婿入りしてくれる人以外は論外です」と言い切っていた。……王子ルートと、公爵閣下ルートは既に閉ざされている。それで良いのか、乙ゲーヒロインよ……。陰険眼鏡の攻略とか、行ってこいや。私がちょっと見てみたいから（ゲス顔）。

もう一人は、エミリア・フォーサイスさん。本人曰く『由緒正しい庶民』。家系が五代くらい遡れるらしいけど、どこを見ても全員庶民なのだそうだ。十五歳の、笑顔が優しい女の子だ。殿下が居ない日には、必ずと言っていいほど私にお菓子をくれる。優しい。いつもありがとう。おいちいよ。

三つ下の妹さんが病気がちだったそうで、よく診療所のお世話になっていたらしい。残念ながら妹さんは既に他界されたそうだが、彼女は最期まで尽力してくれた診療所の人々に強い感銘を受けたそうだ。

当然、志望は医療系。「あの時もし私が居れば妹は死ななかった！　て思えるくらいのお医者様になりたいんです」と微笑んで言っていた。強い口調ではなかったが、意志と決意の強さが窺えた。ふんわりしたお嬢さんなので、恐らく患者に優しい良い医師となってくれるだろう。

そして最後の一人。イングリッド・エヴァートン嬢。エヴァートン侯爵家のご令嬢だ。

少し吊り勝ちの猫目で、常につんと澄ましているように軽く顎が上がっている。眉も細い山形で、「気ィ強いアピール、キッツ！」てなる。美人さんで、ボンキュッボンの素晴らしいスタイルの持ち主だ。……え？　十六歳だよね？　と確認したくなる。しないけど。

外見通り、気が強い。別に誰も何も言っていないというのに、周囲の男子を敵視している。ソウイウノ、良クナイネ。あと何でか、私も敵視されている。おかげで殿下に警戒されている。あと、アルフォンスも彼女を警戒しているようだ。二人とも、ビークール、ビークール。まだ何もされてないからな！　この先も何かされるとは限らんからな！

……殿下とアルフォンスを敵に回すとなると、オーバーキルにも程がある。単純な戦力的な意味でもそうだし、権力的な意味でも。何をそうツンケンしてるのか知らんが、彼女はそこに気付いてほしい。

殿下は実は騎士の位をお持ちである。能力的には、護衛騎士相当というのだから恐れ入る。さすが殿下だ。権力のほぼ頂点付近に居られ、ついでに剣の腕も立つ。怖い。私なら絶対、この人だけは敵に回さない。

まあ、数少ない女子生徒だ。皆、仲良く平和に過ごしたいものだ。

……って、別にフラグ立てた訳じゃないんだけどなー。

我がマクナガン公爵家は、平和主義のお家なんですよ！　諍いも嫌いだし、目立つのも嫌いな、『事なかれ・イズ・ベスト』なご家庭なんですよ！

そのエリザベス・コトナカレ・マクナガンに対して、イングリッド嬢が絡んで来るんすよ……。

ミドルネームが地味に様になってる感。使えんじゃゃね、この名前⁉

「ノーマン、あのご令嬢は一体何だ？」

現在はお昼休み。カフェテリアのテラス席にて、王城から持参したお弁当タイムである。

お茶はマリナが淹れてくれた、カモミール・ティー。イライラしておいでの殿下の御心を鎮めたいですな。

「私にも分かりかねます。一体何がしたいのか、理解に苦しみます」

イラっとした殿下のお言葉に答えるアルフォンスの声も、ちょっとトゲトゲしている。

落ち着こうぜー、二人とも。……殿下、お茶美味しいですよ？　おひとつどうです？　あ、マリナ、私おかわりちょーだい。

「エヴァートン侯爵の長女だったか。侯に少々話をせねばならんかな……」

「手配いたしますか？」

確認したグレイ卿に対して、殿下は「ああ、頼む」と即答だ。今日も仕事が早いっすね！　さす殿！

「エリィはなるべく、彼女に近づかないようにね？」

にこっと微笑んで、私の頭をよしよしと撫でて下さる。

ええ、近寄りませんとも、私からは。ていうか、今日も別に、近寄ってなんてないんですがね。

実は授業の後でここへ向かう最中、話題のイングリッド嬢が私にぶつかってこようとしたのだ。

……当然、アルフォンスが居るので、私には何の被害もない。ただ、彼女が故意に私に接触しようとしたのは、誰が見ても明白だった。それが殿下とアルフォンスの気に食わない部分なのだ。

彼女の狙いは何なのか。

「今のところ、何の被害もないのが幸いだが……。一体、エリィの何が気に食わんと言うのだろうな」

溜息をつかれた殿下に、マリナが力強く頷いている。

イングリッド嬢、何がしたいのか分からんが、やめてくんないかなホント……。殿下もマリナもアルフォンスも怖いから……。

さて、それから一週間。

マリーさんから、「今日はちゃんと窓も鍵も閉めてきましたよ！」と鼻息も荒く報告された。いや、それ、常識だから。『お出かけは　一声かけて　鍵かけて』って言うだろ、前世から。

大雑把なヒロインはさておき、イングリッド嬢である。

やはり事ある毎に、私に突っかかってこようとしている。殿下のイライラメーターと、アルフォンスの警戒度が爆上がりだ。マリナに至っては「いざとなったら消しますか」と感情のない声で言ってくる。怖い。エリザベス・K（コトナカレ）・マクナガンとしては、穏便にお願いしたい。

御父上である侯爵に、殿下からご注意もなされたらしい。侯爵は真っ青になって震えていたらしい（エルザ・談）。……どうでもいいけど、エルザが最近、殿下付きみたいになってる。いや、いいけども別に。殿下専属の暗部に鞍替えしたのかな？　エルザが幸せなら、エリちゃんはそれでも良いのよ～。

ともかくイングリッド嬢には、御父上からの注意がいっているだろうに、それでも突っかかって来る。何がしたいんだ。

という訳で、私に突っかかって来る理由を考えてみようのコーナー。

ゲストは大雑把ヒロイン・マリーさんと、癒し系女子エミリアさんです。お二方、宜しくお願いします。

放課後のカフェテリアのテラスにて、今日も今日とてお土産持参のエミリアさんから貰ったクッキーを摘まみつつお送りします。あ、殿下は今日は午後から欠席です。

「私が思うに……」

大雑把ヒロインの見解とは⁉

「究極のツンデレなのではないかと……」

言ったマリーさんに、エミリアさんが「つんでれ？」ときょとんとしている。

エミリアさんにツンデレの説明を終えたマリーさんは、クッキーを咥えてパキンと前歯で割った。

「ツン九・デレ一くらいの」

「デレ要素、ありました？　彼女に？」

思わず尋ねると、マリーさんは軽く首を傾げた。

「いや、ないっぽいですけど。単に私たちが気付いてないだけかもしれないじゃないですか」

ねぇな。何、このヒロイン。ポンコツなの？

「恐らくですけれど、エリザベス様に突っかかる事によって得られる『何か』が、イングリッド様にはあるんですよね……」

ぽつっと零したエミリアさんに、私も頷く。横でマリーさんが「あ！　それは私も思ってたんですよ！」としたり顔で頷いているが、どうせ嘘だろう。さっきまでツンデレ説唱えてたくせに。

「えっと、私は由緒正しき平民ですので、貴族の方々の事情などには疎いのですが」

大丈夫、その前置きいらないよ。だって貴女、そこの貴族令嬢ヒロインよりちゃんとしてるから。

「たとえば、エリザベス様を追い落とす事によって、彼女がエリザベス様の座に収まれる……というような事はありませんか？」

「早い話が、殿下の婚約者となれるか……という事ですか？」

「はい」

それは確かにちょっと考えた。けれど、答えは決まっている。

「ありません」

「私がお聞きしても大丈夫な範囲で、事情をお伺いしても？」

ホント、エミリアさんしっかりしてんなー。ポンコツヒロインは「えー、なれないんだー」とか言いながらクッキー貪ってんのに……。

クッキーのカスがスカートに落ちちゃってんじゃん！　しっかりしろよ、ヒロイン！

「殿下と私の婚約には、政略があります。つまり、彼女が『私と同じ条件』のご令嬢であるならば、可能性はあります。逆を返せば、そうでない限り、殿下のご婚約者として選ばれる事はありません」

「ではイングリッド様は、その『条件』を満たされていない訳ですね」

「その通りです」

殿下と我が家の間にある『政略』とは、『可も不可もない』という、一見どうでも良さそうで、けれど意外とそうでもないという難しいものである。

娘が王家に嫁す事により、誰も損をしなければ、得もしない。

我が公爵家は権力欲のない事で有名で、実際家人の誰にも権力欲の強い者はいない。娘が王妃になろうと、たとえ神になろうと、それを笠に何かしようなどとは考えない人々だ。そして積極的に閥などを囲わない為、それを推す者もない。

貴族社会にあって、非常に特異な家柄なのだ。

対して、エヴァートン侯爵家はそうはいかない。誰か利を得る者があり、誰か損を被る者が居る。

「イングリッド様ご本人は、そういった事情をご存じなのでしょうか。それによってまた、話は変わってきますが……」

そうなんだよねー。

殿下と私の婚約が『政略的なものである』という事は、恐らく誰もが知っている。でもその中身まで知ってるかって言うとねー……。御父上の侯爵は知ってるだろうけど。

「愛のない結婚なんて、間違ってますわ！　みたいに、勝手に盛り上がってる可能性がある……って事？」

大袈裟な身振り付きで言ったマリーさんに、エミリアさんが頷く。

「それが一つね。もう一つは、エリザベス様とのご婚約が『政略』であるならば、イングリッド様とも『政略』でご婚姻なされても良いのでは……とお考えになる可能性です」

うん、そうなるよね。……しかし、伯爵令嬢である筈のマリーさんより、エミリアさんの方が話し方とかしっかりしてんな……。まあプライベートだから、別にそれでもいいんだけども。

「更なる可能性としましては……」

ちらりと、エミリアさんが私の背後を見た。

今日は会話が届かない程度の距離を開け、我が護衛アルフォンス君が控えている。

「あちらの騎士様も、狙っておられるか」

マリーさんが、はっとしたように私を見た。ちょっと怖いよ、顔！

「分かりました、エリザベス様！　これが世に言う『ヒロインムーブ』ですよ！」

……えぇー……。何か変な事言いだしたぞ、このポンコツ。

「勝手に悪役を仕立てて、『虐められる可憐な私』を演出！　そしてそこにホイホイされる攻略対象！　どうですか⁉」

うーん……。ていうか、彼女のやってる事ってさぁ……。

「どちらかというと、『悪役令嬢ムーブ』では？」

ハッ⁉　じゃねぇよ、マリーさん。

「ヒロインムーブ……とは……？」

不思議そうな顔になったエミリアさんに、マリーさんが乙女ゲームだの転生だのを伏せ、『物語のヒロインになりきってお話を進めようとする痛い女子』という感じで説明している。

マリーさんのちょっと要領を得ない説明に、それでもエミリアさんは納得したように頷いた。

「でもそれなら確かに、エリザベス様の仰る通り、『悪役令嬢』の方がしっくりきますけど」

だよねー。

「あと私、『エリザベス様を追い落として得られる物』、一つ分かったんですけど！」

はいはいはい！　と手を挙げつつ、マリーさんが言った。いいから、落ち着け。

「エリザベス様が居なくなったら、学院のアイドルの座を奪えるんじゃないかとか、思ってんじゃないですか⁉」

……あ？

また、訳分かんねぇ事言い出したな、このポンコツ。いや、エミリアさんも「確かに……！」じゃないからね？　え、何？　この子のポンコツ、伝染すんの？　やだ、何それ怖い。

こうして、第一回女子会議は幕を閉じた。

……エミリアさんが持ってきてくれたクッキー、殆どマリーさんに食われた……。悲しくなんてないやい！


七月も半ばを過ぎ、大分夏らしくなってきたある日。授業の合間の休憩時間に殿下とお話をしていると、エミリアさんがやってきた。

今日は殿下いらっしゃるから、お菓子の日じゃないよね？

「失礼いたします。エリザベス様、こちらを……」

それだけ言うと、畳んだ小さな紙片を机の上にすっと置き、一礼して席へ戻って行った。

なんじゃらほい？

畳まれた紙片を手に取ってみる。メモ用紙か何かを四つに畳んだものだ。カドがきっちり揃っていて、エミリアさんの几帳面さがうかがえる。恐らくあのポンコツヒロインなら、もっと適当に畳むだろう。

「何だい？」

隣で殿下も不思議そうな顔をされている。何でしょうね？　開いてみると、エミリアさんの綺麗な文字が並んでいた。

『目標が〝どうしてエリザベスは居なくならないのよ。私の方が絶対に相応しいのに〟と呟いているのを聞きました。恐らくは三番です』

「……エリィ、これはどういう意味？」

ヒッ⁉　殿下のお声が地を這ってらっしゃる‼

隣を見ると、殿下がにこにこ笑っておられた。……いや、笑顔、めっちゃドス黒いんすけど……。

別に悪い事をしている訳ではないのだが、何か言い訳をしたい気持ちにかられる。いや、マジで、何も悪い事とかしてないんだけども！

「えっと……」

しかし、何から説明したら良いやら……。そんな風に思っていると、始業の鐘が鳴った。

「後でね、エリィ」

逃がさねぇぞ、という笑顔ですね。分かります。こくこくと頷くと、殿下は小さく笑って前を向くのだった。

「さて、話を聞こうかな?」

現在地は、殿下のお部屋の近くの庭園です。ええ、終業後、城へ真っ直ぐ連れ帰られましたよ。殿下、お仕事は?　と聞きたいが、怖くて聞けない……。エリちゃん、長いものに巻かれる主義だから……。

「以前より、エミリアさんとマリーベル様と、話をしていたのです。イングリッド様の目的は何なのだろうか、と」

「ふむ……。こちらでも探ってはいるが、まだ確証はないな」

やはり探っておいででしたか。エミリアさんは「殿下にお任せになるのが最善では」と言っていた。ホント立派よね、君!

で、あのメモだ。『三番』というのは、私たち女子会議における符丁だ。

一番は『殿下（王妃の座）狙い』、二番は『アルフォンス狙い』、三番は『全部取り』、四番は『学院のアイドル狙い』である。正直、四番は何なんだ……と思っているが、マリーさんが「なくはないですから!」と譲らないので入れてあるだけだ。

「……成程」

こういう事で～と殿下にお話ししたらば、殿下は溜息をつきつつそう仰った。

そしてにこっと微笑むと、私の頭をぽんぽんと撫でた。

「後は私に任せてもらえないかな?　エリィは彼女に関わる必要はないから」

ね？　と微笑む殿下に、頷く以外の選択肢はない。はい、と頷くと、殿下は「ありがとう」と私の手を取り指先にキスされた。

ひゃー！　最近、殿下ホントにこういうの多くないっすか⁉

学院で同期となる生徒たちは一応、全員身辺調査などはしてある。

何しろ、王太子である私と、その婚約者であるエリィが通うのだ。何かあったりしたら、学院の責任問題にもなりかねない。

気になる人物は数人いる。貴族と平民が半々くらいの人数なのだが、その貴族の中にだ。

まあいい。

何かしでかしてくれたなら、適切に対処するだけだ。

エリィにだけは手は出させない。もしも手を出すような者が居るならば、その時は……どうしようかな？

入学前に行った身辺調査は、もしかしたら無駄に終わったかな？　と少々の安堵を覚えた頃。それらを『杞憂』と笑い飛ばせない事態になってきてしまった。

またあの令嬢か……と、溜息が零れる。

イングリッド・エヴァートン。侯爵家の令嬢だ。

今彼女は、廊下を歩いているエリィにぶつかろうとして、ノーマンに阻止されている。エリィではなくノーマンにぶつかる形になり、「あ……、申し訳ありません」などと僅かに頬を染めている。

先日は、エリィに「服装が多少派手なのではないか」と文句を付けていた。私がエリィに贈った服なのだが、何か問題でもあるだろうか、と言ってやると、「いえ、別に……」とバツが悪そうな顔で黙ってどこかへ行ったが。

その前は、髪型に文句を付けていた。ふわふわして邪魔そうなので、束ねてきたらどうか、と。エリィは「はあ……」と気の抜けた返事をしていたが、顔が明らかに『何言ってんだコイツ』と言っていた。

やけにエリィに絡んで来るのだが、どれもこれもが鬱陶しいだけで特に実害がない。エリィがそれらを気に病む風もないので、こちらからは手が出せない。

私がエリィに贈った服は、派手さなどない。エリィの可愛らしさを最大限に引き出しつつ、彼女は私のものなのだと周囲に知らしめる事の出来る、とても出来の良いワンピースだ。

髪だって、ふわふわと風に舞うのが可愛らしいのではないか。それを少し邪魔そうに、あっちこっちに首をふるエリィが可愛いというのに。

あのご令嬢は、私に喧嘩を売っているのだろうか。

そもそも、エリィの淡い黄色のワンピースが派手だと言うなら、そちらの着ている真っ赤なワンピースはどうだと言うのか。やけに身体の線を強調し、胸を見せつけるようなその服は。

……ああ、そうか。『派手』ではなく、あれは『下品』というのだな。

髪型も、高い位置で一つに束ねているが、顔の両脇の大量の後れ毛は邪魔ではないのか。それともそれは、髪ではなく顔の産毛が異常成長でもしたものなのか。

あのご令嬢の言動は、いちいち苛々して仕方ない。


ところで最近、エリィが同期の女の子と仲が良い。

エリィが嬉しそうで何よりだ。……もう少し、私にも関心を持って欲しいのだが。

その女子生徒の一人、エミリア・フォーサイス嬢が、エリィに何かメモのような物を渡して去って行った。……彼女は、私が公務などで欠席する都度、エリィに菓子を与えている娘だ。菓子を食うエリィの可愛さに気付くとは、中々に侮れん。

エミリア嬢が置いて行った紙片を、エリィも不思議そうに見ている。かさこそと紙片を開くエリィの手元を、隣から覗き込む。エリィも別に隠すような事なく、それを開いていく。

メモには、とても綺麗な読み易い文字が並んでいた。

『目標が〝どうしてエリザベスは居なくならないのよ。私の方が絶対に相応しいのに〟と呟いているのを聞きました。恐らくは三番です』

……なんだ、これは。

「……エリィ、これはどういう意味?」

思いがけず、尋ねた声が低くなってしまった。エリィが少し怯えたように「ヒッ」と漏らしている。

いけない。落ち着かなければ。

察するに、ここに書かれている『目標』とは、件のイングリッド嬢だろう。彼女が？　何故エリィが居なくならないのかと？　自分の方が相応しいのにと？　……彼女に向かって、一つ一つ丁寧に説明してやりたいな。何を勘違いしているのか知らないが。

しどろもどろになっているエリィに、「後でね」と声をかけ、授業を受けるのだった。

城へ戻り、エリィから話を聞いた。

エリィと女子生徒二人は、随分仲良くなったようだ。喜ばしいのだろうが、少しだけ複雑な気持ちになる。

メモの内容は、ほぼ思った通りだった。そしてエミリア嬢の推察としては『三番』――つまり、私の妃としての地位と、それに付随してくるであろうノーマン。

なんと下らない。

私にとってエリィの代わりが居ないように、恐らく、ノーマンにとってもエリィ以上の主は居ないだろう。専属筆頭などを、考える間もなく受諾する人間だ。少し面白くないが、彼ら護衛騎士が主へ向けるのは、純粋な『忠誠』だ。それくらい、私も知っている。なので我慢している。

イングリッド・エヴァートン。そしてエヴァートン侯爵家。その二つについては、おおよその調べはついている。

現エヴァートン侯爵、つまりイングリッドの父親は、分不相応な権力欲が強い。娘を王太子妃とし、自身がその後ろ盾となり、利益の供与を図ってもらおうというのだろう。エヴァートン侯爵家の夫人は浪費家で有名だ。娘のイングリッドも同様であると噂されている。そして、噂はほぼ真実だ。まあ、夫人の浪費に比べたら可愛いものかもしれない。

侯爵家といえども大した功績もなく、末席に近い位置に居る。息子が一人居るが、それは特に秀でたものもない人物だ。ただ、強欲さだけは一人前だが。

侯爵領はそう広くもないのだが、銀鉱山を有している。おかげで、それなりの収入がある。この侯爵領は、他の領地に比べ、税率が少々高い。……国の定める範囲ではあるのだが、細々と暮らす民などには生活し辛かろう。おかげで、人口が少ない。鉱山夫とその家族くらいしかいない。なので税率が高めなのにも関わらず、税収は低い。

領地経営が下手過ぎるだろう。

隣には広大なマクナガン公爵領がある。マクナガン公爵領は逆に、税率が国で一番低い。どうやって回しているのだと思うくらい低い。

しかし公爵領には、多彩な産業があるのだ。農作物や畜産物を育て、加工し、それらを売るだけでなく、地元でレストランなどを営業し人を集める。エーメ河という大きな川のおかげで、良質な粘土が取れる。それで焼き物を作る。砂でガラス細工を作る。それらの職人を育てる為の教育機関である。

隣の芝が青いどころの話ではない。

エヴァートン侯爵領から出た人々は、すぐ隣のマクナガン公爵領へ流れる。公爵領には多種多様な産業がある為、常に人材は歓迎している。なので、身一つで移転しても、数日で仕事にありつける。

それはこちらから見たら当然の構図なのだが、当のエヴァートン侯爵には納得できないものらしい。

勝手にマクナガン公爵家を敵視している。

エリィの態度を見る限り、あの魔境の住人たちは、エヴァートン侯爵家など眼中にない。マクナガン公爵家からしたら、エヴァートン侯爵家に突っかかられても、意味が分からないだろう。公爵家の人々はただ単に、己のやるべき仕事をしているだけなのだから。

ただ、エヴァートン侯爵家が、必要以上にマクナガン公爵家を敵視する理由の一つではあるのだ。

そしてかの家がマクナガン公爵家を敵視するもう一つの理由が、エリィだ。

己の娘を私の妃に……と、やたらと推してきていた。私がエリィを婚約者にと選んだ際、最も反対してきたのがエヴァートン侯爵家だった。

誰があのような、国庫を食いつぶす事が分かっている毒虫を懐に入れたいか。甘く見られては困る。取り入りたいなら、せめてもう少し上手く立ち回ってくれないだろうか。あの見え透いた演技では、騙されるのも一苦労だ。

その家の、娘。

イングリッドが両親に唆されている可能性は、大いにある。もしもそれだけならば、多少の酌量の余地はある。まあ、愚かに過ぎるので、使い道がなさ過ぎて幽閉くらいしか出来る事がないだろうが。

さて、邪魔な侯爵家を潰してしまおうか。

権力欲だけ強い無能など、何の利にもならない。浪費する為の金が自然と湧き出てくるものと思っているような家人は、更にただの害悪でしかない。

思わず、笑みが漏れる。

国にとっての害虫が駆除できる。それだけでなく、エリィにとっての敵となる者も同時にだ。

ああ、少し楽しくなってきたな。イングリッド嬢には、感謝してもいいかもしれない。

私は事前に纏めておいた資料を、議会に提出した。

私が即位するまでに、『切った方が良い連中』に関しては、細かく調査してあるのだ。エヴァートン侯爵もその一人だ。

アレは必要ない。

侯爵は、特に不正などはしていない。ただただ無能なのだ。

纏めた資料には、侯爵領の税収と支出が記されている。彼らは、税を取り立てるだけで、それを領地に還元しない。全て彼らの欲を満たす為だけに使用される。なので、折角の鉱山も、実は活かし切れていない。領地の人口は、全盛期からすると一割近くにまで落ち込んでいる。領地に金を使わないので、治安も悪い。ただ、あまりに暮らすに不向きな土地なので、スラムのようなものすら出来ないのは逆に良かったか。

先代の侯爵の頃は、まだもう少しマシだった。今の侯爵となって十三年。侯爵領は不毛の土地となっている。

それを元に、領地の没収と、義務の放棄による降爵を議会に申請したのだ。笑ってしまう程すんなりと申請が通った。

ついでに、書類に令嬢によるエリィへの嫌がらせの数々も入れておいた。取るに足らない、下らないものでしかないが、入れておけば『この厳しい処分は、エリィに手を出したからなのでは』などと考える阿呆が居るだろう。

エリィに手を出したから、なのだとすれば、問題の令嬢を排除すれば良いだけの話だ。それ以上の大事になっている上、論点が全く違うという事にすら気付かない阿呆は居る。そして彼らは、勝手に怯えてくれる。『王太子の溺愛する婚約者に手を出すと、家が取り潰される』と。

全くの見当違いの勘違い……という訳でもないから、まあそれでいいのだけれどね。

侯爵家に対する処分と、イングリッド嬢が行っていた不可解な行動を併せた報告書を、スタインフォードの学院長にも提出した。あと彼女には、不正入試の疑いもある。特に詳しく調べるつもりもないので、『疑い』でしかないが、ほぼ黒だ。調査は学院の仕事だろう。

このまま彼女を放置してはエリィに危害を加える可能性があり、学院の権威にも傷がつく可能性がある、という示唆と共に。

結果、イングリッド嬢は『除籍』という処分となった。

侯爵家は領地を没収の上、子爵への降爵となった。王都の邸宅と、私有財産の一部は残された。

領地は丸ごと、マクナガン公爵家へ丸投げした。かの家なら、恐らく悪いようにはしないだろう。

……それに、エルリックを更に数年、領地に足止めする理由にもなるのではなかろうか。

マクナガン公爵家だけを優遇するのも問題が出そうなので、鉱山は隣接している侯爵家へと与えた。王妃陛下のご生家で、私の側近を務めてくれているヘンドリックのオーチャード家だ。

あとはそちらで勝手にやってくれ、と、両家に完全なる丸投げをしたので、数年後どうなっているか楽しみだ。

元・侯爵家は沙汰を不服として、貴族院の調停所へ異議を申し立てたようだが、当然のように却下された。自分たちのしてきた事がどういう事か、ここへきてもまだ分からぬとは愚かしい。

おかしな逆恨みが誰かに向かう可能性もある為、エヴァートン子爵家には監視を付けてある。もしかしたらかの家は、数年後には皆病死しているかもしれない。

まあ、知った事ではない。

ヘンドリックとロバートに、エヴァートン家を追い落とす私がやたらと生き生きしていた、と言われた。余計なお世話だ。

目障りだった不要品が片付くとなれば、少しくらい浮かれもするだろう。

そう言ったら、ヘンドリックに「人間らしくていいんじゃね？」と笑われた。

そうか。短くない付き合いなのだが、ヘンドリックにそんな事を言われるとは、思ってもみなかった。人間らしい、か。きっと、エリィのおかげだな。

それから数日後、学内の掲示板に貼られたイングリッド嬢の除籍の告知に、エリィが「ほへぇ……」などと声を上げていた。

……その声は、どういう感情の声なのか。驚いているのかい？　それとも、他の何かなのかい？

「除籍……、ですか……」

どうやら、驚いているらしい。

エリィに「任せてほしい」と言ってから、三日だ。既にエヴァートン家には、降爵の通達は行っている。監査の人間も関係各所に向かわせてあり、後は彼らが王都の邸宅へ移動を完了するだけだ。

エリィが何か言いたげにこちらを見ている。

しかし、イングリッド嬢の処分を決めたのは、私ではないからね？　私はあくまで、学院長の判断材料となる書類を作成し、提出しただけだからね？　エヴァートン家の処分も、最終決定は議会だからね？　承認したのは陛下だからね？

この三日、かの家を取り巻く環境がどうなったのかをざっと話し、ついでに公爵領が少し広くなることを伝えた。

「ああ……、あの、お隣の不毛の土地……」

「そう。鉱山は別の家の領地としたけどね。その不毛の土地を何とかするように、と押し付けたから、エルリックはもう少し足止め出来るんじゃないかな？」

「レオン様……‼」

だから！　私に向かって手を合わせるのをやめてくれ‼

エリィの手を掴んで、拝むのをやめさせているのだが、後ろに控えているマリナはしっかりと手を合わせている。しかも小声で何かぶつぶつ言っている。もしや、なにか経典のようなものまで出来ているのか⁉

エリィは私に手を掴まれたまま、マリナを振り返った。

「マリナ！　どうしたらいいの⁉　殿下が神々しすぎて、直視できないわ！」

何だそれは⁉

「分かります、お嬢様」

分からなくていい‼

「そうよ……、そうだわ……、殿下をお祀りする、石像を作りましょう！」

何　で　そ　う　な　る　⁉

「素晴らしい案でございます！　流石、お嬢様でございます！」

何　処　が　だ　⁉

いや、ノーマン！　お前は笑ってないで、何とかしてくれ！　ノエルも口の端がひくついているのを、しっかり見たからな！

「では早速、わたくしは石工に手配をして参ります」

「お願いね！　幾らかかってもいいから！　私のお小遣い、全部喜捨するから！」

「いや、ノーマン！　マリナを止めてくれ！」

駆けだそうとしていたマリナを、ノーマンに止めてもらう。これで一安心かと思っていたのだが、背後から声がした。

「お話は伺いました。王都一、腕の良い石工を探してまいりましょう」
エ　ル　ザ　か　‼
これは拙い。ノエルでも止められないかもしれない。

なんだこれは！　何でマクナガン公爵家はいつもこうなんだ！

ああ、でも、エリィが楽しそうに笑っている。その笑顔を見ていると、なんでも許せそうな気がしてくる。


……いや、やっぱり許せないな。王都の石工には、マクナガン公爵家からの依頼を受けないように通達を出そう。

後日、権力の濫用であるとエリィをはじめとする公爵家の人々に責められるのだが、私の心の安寧というものも慮ってはもらえないだろうか……。

「殿下、エリザベス様、おはようございます」

笑顔で会釈してきたエミリアさんに挨拶を返す。殿下も「おはよう」などと挨拶しておられる。

エミリアさんの笑顔は癒されるね。

イングリッド嬢の悪役ムーブのおかげで、クラスにたった三人しか居ない女子の結束が強まったのは良かった。どうせなら仲良くしたいもんね！

「エリザベス様に先日お薦めいただいた本、読んでみました。とても興味深かったです！」

にこにこ笑顔のエミリアさんに、お役に立てて何よりです、と答える。

由緒正しき庶民であるエミリアさんは、これまであまり学術書などを読んだ事がないらしい。まあ、ああいうの高価だからね。そこで、とりあえず三冊程度、私が読んで興味深かった医療関係の本をお薦めしておいたのだ。全て学院の図書館にある事も確認済みだ。

「またよろしければ、何か面白い本を教えてください」

「はい。構いませんよ」

医療関係、それほどの引き出しないけど。まあ、とっかかりさえ作れば、彼女ならその先は自分で進めるだろう。

エミリアさんは殿下と私にぺこっと会釈をすると、自分の席へと移動していった。

「彼女は、医療関係志望だったかな」

「はい。きっと良い医師になると思っています」

何しろ、向上心がすごい。見習いたいくらいだ。

「王太子殿下、エリザベス様、おはようございます！」

また声をかけられそちらを向くと、我らがポンコツヒロインが笑顔で立っていた。エミリアさんの笑顔がふんわり癒し系としたら、彼女の笑顔は気が抜ける脱力系である。……時々、この子が乙ゲーヒロインっていうの、『自称』なんじゃね？　と思う。

女子力もヒロイン力も足りなすぎねぇか？　それとも、昨今の乙ゲー界隈では、そういうヒロインが流行っていたりするのだろうか。

「……ところでマリーさん、スカートに何か、染みのようなものがありますが……」

すげー目立つ訳でもないけど、全然気付かない訳でもない……くらいの、絶妙な大きさの茶色い染みがある。

指摘すると、マリーさんはその部分を隠すように、手でぎゅっと握った。

「これは……その……」

言い辛そうに僅かに顔を伏せるマリーさん。もしや乙ゲーヒロインとして、嫌がらせでも受けてるのか!?　……ないだろうけど。

「朝……食堂でコーヒーを零してしまい……」

クッ……、じゃねぇからな!?

「着替える時間もなく、泣く泣くそのまま……」

私以上に、女子力どこに落として来た!?　日本海溝あたりか!?

「……洗ってきたらいかがです？　マリナ」

「はい」

マリナは頷くと、マリーさんに「染み抜き、お手伝いいたします」と声を掛け、教室を出て行った。

殿下は「すごいご令嬢だな……」と、少し言葉を失っておられる。あの子多分、前世からああいう感じなんだろうな……。折角の乙ゲーヒロインなんだから、女子力磨けよ……。

ふと教室内を見ると、エミリアさんは『一般教養の主』である主先輩と楽し気にお話をしている。

どうやらエミリアさんは彼が好きらしく、周囲の空気までもがキラキラしている。

マジで、『ヒロイン』てエミリアさんの間違いなんじゃねぇの?

キラキラした可愛らしい笑顔のエミリアさんを見て、そう思うのだった……。

第5話　その名は、名探偵エリちゃん！

エヴァートン家の降爵からひと月。貴族界隈が大分ざわついたようだが、それも落ち着いた。侯爵から子爵への降爵というかなり厳しい沙汰があったのだが、かの家は蓋を開けてみれば『然もありなん』と納得の惨状だったのだ。

ただこれらを主導していたのが王太子殿下であったので、殿下の治世は苛烈なものになるのでは……と恐れる声があったようだ。

後ろ暗い事、しなきゃいいだけなんだがな！

そしてロリコン疑惑のあった殿下だが、現在では『婚約者を溺愛されている』という噂に変わっている。因みに、ロリコン疑惑は払拭しきれていない。

できあい……。出来合いではなく、溺愛。前者にしか馴染みのない私にしては戸惑うばかりだが、殿下は溺れて流されるような方ではないと信じている。

……アフォガートは好きなんだけどな。溺れんなら、愛情じゃなくて、美味しいものに溺れたいな。殿下の愛情が嫌とかじゃないけども。溺れる程は要りませんからね、殿下。

✦ ✦ ✦

王都の邸に押し込められ、ガッツリ監視がつけられているエヴァートン家の面々だが、すでに夫人がやらかして収監された。

それまでの浪費癖が抜けず、高級宝飾店へ出向き買い物をしようとしたのだが、その店の信用販売（ツケ）の額が既に上限だったらしい。

店ごとに顧客への売掛上限は変わるのだが、それは顧客の爵位でも大きく変わる。侯爵の時に利用できた額と、子爵で利用できる額では雲泥の差がある。しかも、それまでの掛代金を、殆ど支払ってすらいなかったようだ。その額は、領地もない子爵には払いきれるようなものではなかったらしい。店としては、貸倒損失確定だ。

そりゃ、店もそんな客に売りたくない。

お売りできません、と夫人の買い物を拒んだ店員相手に、「今まで散々贔屓にしてきたでしょう!?」と暴れた。

……夫人も、ストレスが溜まってたんだろうなあ。自業自得だけど。

店内でヒスってるところを騎士に拘束され、店側が損害賠償を訴えてきた為、一時的に拘束された。しかしその後、夫人の衣服から、店の売り物であった筈の宝飾品がぽろぽろと出てきた。

万引きとか！　クソしょぼい真似してんなよ！　元侯爵夫人だろうに！

しかして、無事に『窃盗』の罪が追加され、沙汰が決まるまで収監となったのだ。

次に息子が、貴族子息が集まるクラブでやらかした。

高位貴族の集まっていたテーブルで「お前の席、ねーから」と言われ、ブチ切れた。いや、切れる筋合いねぇからな？

……つーか、ここんちの人間、すっげぇ人望ねぇわ……。誰も手を差し伸べねえ。むしろ泥舟と沈没はご免とばかりに、周囲から人が引いて行ってる。もう逆に、よく今まで侯爵やってたな⁉と驚くレベルだ。

夫人がやらかし、息子がやらかし、王都でも肩身が狭くなり過ぎた彼らは、王都の邸を手放してどこかの田舎に引っ込んだらしい。当然、監視はついたままだ。

彼らの我がマクナガン家に対する逆恨みが凄まじく、彼らはマクナガン領への進入禁止となっている。その辺は、監視の人たちが見ていてくれるらしい。

……ちゅうかウチ、何もしとらんですけど……。

ウチが利益を巻き上げた、とかって言ってたらしいけど、税収報告書を見た限り、そもそも『利益』が出てないじゃん、君んち。もっと上手いやりようあんのに、人も土地も鉱山も、全部ほぼ放置じゃん！

なんかもう、関わっちゃヤバい人らだってのは、よく分かった。殿下も「多分もう顔を見る事もないだろうから、彼らの事は忘れて大丈夫だよ」と仰ったので、有難くそうさせていただこう。

やらかし方が酷すぎたので、現在、爵位の剥奪の話も出ているらしい。勝手にどんどん落ちてってるわ。怖いわ。


「エリザベス様ー！　返事が来ましたー‼」

朝、学校へ入るなりマリーさんが言った。その手に手紙らしきものを持って、ぶんぶんと頭の上で大きく振り回している。

「おはようございます、マリーさん」

「あ！　おはようございます！　殿下もおはようございます」

殿下相手には一応気を遣っているようで、しずしずと頭を下げている。しかし君の大雑把さは、既に殿下もご存知だ！　遠慮なく、大雑把に生きてくれたまえ！

エヴァートン家の監視員からは、定期的に報告が上がって来る。その報告の中に、一つ気になるものがあったのだ。

イングリッド嬢が、意味不明な呟きを漏らしている、と。

監視員はどうやら聞き取れなかったようなので、私はこっそりと、マクナガン公爵家自慢の謎経歴と謎特技を持つ使用人を派遣した。

彼は元他国の諜報員だ。人使い荒いし、給料安いし、やってらんねえ！　と、侵入した我が家の庭の木の上で腐っていたので、「Ｙｏｕ、ウチで働きなよ」と雇ったのだ。今では毎日、美味しいパンを焼いてくれている。パン職人が俺の天職だった！　と言っているが、本人が幸せならそれでいいだろう。確かに、パン窯を手入れする彼の眼は、いつも生き生きしている。

彼の特徴は、とても耳が良い事。そして特技は読唇術。目で見て、耳で聞いて、対象が何を話しているのかを正確に記録する。……諜報員として、優秀なんだけどな。いや、パンも美味しいよ。

でも、訳わからん具材を中に入れるのはやめてね。

その彼に、とりあえず何を言っているか分からなくても、音だけでも拾ってきてくれ、とお願いしてみた。

三日後、「こんな感じっすねー」と彼が持ってきてくれた報告書を、慌ててマリーさんにも見せたのだ。

数か国語を余裕で操る彼をしても『聞いた事のない言語。意味のある言語なのかも不明』と但し書きされているそれは、この世界では使用する者のない日本語だった。発音を正確に拾ってくれたようだ。アクセントなども、細かく記号で書き入れられている。

ウチの使用人、マジで無駄に有能だな！

『なんでわたしがこんなめにあうのよ』

『げぇむじゃこんなえんでぃんぐなかったじゃない』

『なんでいべんとがおこらなかったの』……などなど。

使用人には、これ以上の調査は不要として、礼を言って邸へ戻した。

他に何か気になる点はなかったか尋ねてみたのだが、彼は「あそこんち、パン窯の手入れがなってねーんすよ！　あんなの、パンへの冒涜っすよ！　俺、喧嘩売られてんのかと思って、耐えんの大変だったんすよ！」と憤慨していた。……うん。君はどこへ出しても恥ずかしくないパン職人だ。

さあ、邸へ帰って思う存分パンを焼いてくれ。

グッバイ、パン職人。フォーエバー、パン職人。

『ゲームじゃこんなエンディングはなかった』、『何でイベントが起こらなかったの』、それらの台詞から導かれる答えは一つだ。

　つまり、イングリッド嬢も私たち同様の日本からの転生者で、例の乙女ゲームをプレイした事があるのだ。そしてイベントを起こそうとしていたという事は、彼女は『ヒロイン乗っ取り』をやろうとしていたという事だろう。

　報告書を見たマリーさんは、「イングリッド様も、転生者だったんですね……」と呆然と呟いていた。そして私を見ると、我が意を得たりとでもいいたげな、えらく得意げな顔で笑った。

「ほらぁ！　やっぱイングリッド様、ヒロインムーブしてたんじゃないですか！」

　……いや、今もう、それいいから。

「でもそしたら私、ちょっとイングリッド様に訊いてみたい事があるんですけど……」

　訊いてみたい事？　それはまあ、私もあるっちゃあるけど。でももう終わった事だから、どうでもいいけど。

　何かね？　と首を傾げると、マリーさんはえらく真剣な顔で言った。

「あのゲーム、何てタイトルだったかな……って」

　そういやマリーさん、前になんか言ってたね。何だっけ、えっと……。

「確か、漢字とカタカナのタイトルなんでしたっけ？」

「そうです、多分。……我ながら、何の中身もない情報ですよね？」

　今更、そこ⁉

「どうしてタイトルが気になるんですか？」

何かタイトルが、ゲームの鍵にでもなってるとか？　世界の秘密的な事が書かれてたとか？

「なんていうか、タイトルが全然ゲーム本編と関係なくて……。『タイトル詐欺か⁉』て思った事だけ覚えてるんです。だから、逆に気になって気になって……」

薄々そうかなって思ってたけど、クッソ下らねえ理由だな！　マリーさん、『埋没系ヒロイン』じゃなくて、『脱力系ヒロイン』に改名しといて。

手紙とか書いても大丈夫ですかね？　と言うので、恐らく問題ないはずだ、と返した。検閲される可能性もあるので、日本語などは使わない方がいいだろうとも伝えた。

お返事来たら、エリザベス様にもお教えしますね！　とその日は別れたのだ。

そして、その返事である。ねえ、マリーさん……。出来れば、殿下居ないとこで、こっそり教えて欲しかったなぁ……。

返事とは何なのか、と質問しまくる殿下を何とかかわし、マリーさんからお借りした手紙を開いた。人前で開くのは少し抵抗があったので、現在は城の自室である。マリナとエルザに頼んで人払いもしてもらってある。恐らく、暗部の人々も追っ払われている事だろう。

手紙の内容は、マリーさん曰く『八割がエリザベス様に対する恨み言』だそうだ。開いて読んでみて、本当にその通りで溜息が出る。

『重要なとこだけ、赤マルしときましたから！』と得意げに言っていたが、三枚もある便箋の二枚目に、中々雑な赤マルで囲ってある箇所があった。『↑ココ！　重要！』などとマリーさんの字で書かれている。参考書か何かかな？

赤マルの中身は、タイトルと全攻略対象者の名前だった。

タイトルは『夢幻のフラワーガーデン』。

攻略対象は、以前にマリーさんから聞いていた六人に、現在殿下の側近をされているヘンドリック様を加えた七人だ。

成程。以前にマリーさんからゲームの話を聞いた際の違和感。そして、このタイトル。恐らくだが、何がどうなっているのかが、分かった。

それはゲーム通りの展開になどならない筈だ。登場人物の性格も違う筈だ。

手紙を読む限り、イングリッド様はまだ、この世界を『ゲームの世界』と信じて疑っていない。

けれど既に、彼女にとって現実は相当厳しい。夢の中に浸っている方が、幸せなのかもしれない。

殿下がご公務の日を狙って、私はマリーさんと話をする事にした。

我が家が一番安心なのだが、今日はそんな時間がないので、寮のマリーさんのお部屋にお邪魔する事にした。

「どうぞ、どうぞ！　昨日のうちに、お掃除しといたんです！」

えへへ、と笑いつつ、マリーさんは私を招き入れてくれた。

予想外にきちんと片付いた部屋で、窓のカーテンは淡い水色のチェック柄、ベッドカバーは花柄のパッチワークと女の子らしい。実用重視な小物に溢れる私の部屋とは、相当な違いだ。小物のセンスなんかには、女子力溢れてんのにな……。なんて残念な子なのか、マリーさん……。

マリーさんは私に勉強机の椅子を勧めてくれ、自分はベッドに腰かけた。

「まずはこれ、ありがとうございました。読ませていただきました」

イングリッド様からの手紙を差し出すと、マリーさんはそれを受け取って自分の脇に置いた。

「どーでした？　何か気になる事、書いてありました？」

「ゲームのタイトルが『タイトル詐欺』と言ってましたよね？　その話、詳しく聞かせてもらえますか？」

タイトルだけ見ると、ありふれたもののように見えるのだが。イケメンとのキラキラ☆トキメキ青春ストーリーなら、このタイトルでもおかしな事はない。

「タイトルが『夢幻のフラワーガーデン』なんですけど、ストーリー中のどこにも『花園』とか『花畑』とか出てこないんですよ。唯一花が出てくるのがエルリックのシナリオで、しかも学園のしょっぼい花壇なんです。植わってるのもチューリップがちょろちょろくらいで……」

マリーさんは思い出すように、視線を上向けた。

「『花』がキーになるようなシナリオもありませんし、『何がフラワーガーデン⁉』てＳＮＳとかネットでも言われてました。あと『夢幻』も意味分かんないです。魔法とか、妖精とかが出てくる世界観でもないし、ファンタジー要素『ヨーロッパっぽい異世界』ってだけじゃないですか」

現実でもそうですけど、と言うマリーさんに、私は頷いた。

この世界には、魔法などない。妖精や魔物、神様などの概念はあっても、それらを『見た』人は居ない。そういったスピリチュアルでファンタジーな存在は、こちらでも地球と扱われ方に大差はない。

「……以前マリーさんにお話を聞いてから考えてみたんですけど」

私が話し出すと、マリーさんはこちらに身を乗り出して来た。

「私たちが地球からここに転生したように、『ここから地球へ転生』する人も居るのではないでしょうか？」

「『異世界から現代転生』パターンですか⁉」

「はい」

転生の仕組みなどは、全く分からない。私の記憶には、『転生の神』などは居ない。どうしてこの世界に生まれたのかは、全く分からない。

けれど、だ。

地球からこちらへ、何らかの通り道のようなものがあったとして。それが一方通行であるとは限らない。逆に、こちらで命を落とし、地球に生まれる者もあるのではなかろうか。そしてその人が、私たちが地球の記憶を持っているように、この世界の記憶を持っていたら？

「そういう人が、たまたまゲーム会社に就職して、たまたま自分の記憶をネタに原案を出して……。

そういう事も、あり得るのではと考えたのです」

マリーさんは、ぽかんとしている。

それはそうだろう。彼女は『ゲームの強制力』を恐れていた。それはつまり、『この世界はゲームの世界だ』とどこかで思っていたからだ。

「マリーさんが以前言いましたね。『ゲームと現実で、殿下やアルフォンスの声がちょっと違う気がする』と」

気のせいかもしれないんですけど、と前置きし、彼女が言ったのだ。

ゲームで聞いてたのと、声がちょっと違う気がするんですよね。……まあ、生声と録音とじゃ違って当然かもですけど。

「それはもしかしたら、この世界の記憶のあるゲームのプロデューサーが、『現実の彼らに似た声のアクター』を使用したから……かもしれません。今私たちの前に居る彼らの声は、『日本の声優が当てている声』ではなくて、『彼ら自身の声』なのではないでしょうか」

「似た声の、声優さん……」

「はい。つまり、『オリジナル（ネタ元）』がこの世界で、ゲームは『二次創作』だったのでは……と」

そう考えると、色々しっくりくるのだ。

「ゲームに私の存在がないのは、王道の攻略対象である『王子』に婚約者が居ては、話にならないからではないでしょうか。キャラクターの名前や肩書は現実とほぼ同じなのに、性格だけが大きく違っていたりするのも、『ゲーム的に』そうでないとシナリオが作れないからでは？」

恐らく、プロデューサーの好みか何かで、ゲームのキャラクターとして登場させる人物を選び、そこに『ゲームらしい』設定を当て嵌めただけなのではないだろうか。

殿下の性格がもっともゲームと現実で乖離（かいり）が激しいのは、現実のままの殿下では乙女ゲームなど始まらないからだ。実際、乙ゲーを再現しようとしたイングリッド嬢は、数週間で潰された。

ゲームと性格の違う兄？　それは知らん。見た目がいいから、使えると思ったんじゃね？　知らん。

「恐らくですが、Ｐ（プロデューサー）はこちらで、一定以上の地位にある貴族でしょう。そうであるなら、登場人物は全員が有名ですので、彼らと会話くらいした事がある筈です。……まあ、脳筋に関しては、どこで知り合うのか謎ですが」

「ていうか、私ともどこで知り合うのか謎なんですけど！」

そういや、そうだな。

「私、高位貴族の方なんて、エリザベス様くらいしか知り合い居ませんし！　何を思ってそのＰは、私なんかをヒロインに据えたんですか⁉」

知らんがな。

「エリザベス様ヒロインの、総愛されゲームとかの方が、絶対売れるのに！」

うるせぇ。なんだそのゲーム。

「売れるっていうか、私、買うのに！」

買うなや。

「七千円までなら出してもいい！」

意外と高ぇな‼

ゲーム的事情からエリザベスが居なくなり、ゲーム的事情で殿下（とクソ虫）の性格が変わり、ゲーム的事情から舞台がコックフォード学園になった。

「……つまり、もしもマリーさんがコックフォードに入学し、完璧なヒロインムーブをぶちかましたとしても、グッドエンドになど到達できないのです。ゲームは本当に、あくまでも『ゲーム』であり、『現実』ではない。そこで、このゲームのタイトルですが」

『夢幻のフラワーガーデン』。ゲーム本編のシナリオには、全く関係のないタイトルかもしれない。

けれど恐らく、Ｐの言いたかった事はこうだろう。

「ゲームの内容自体が、こちらの現実を見てきたＰにとっては『夢』で『幻』なのです。『この人とこんな恋愛できたらいいな』だったり、『この人がこんな人ならいいな』だったり……」

そう。妹思いの優しい兄など、夢で幻だ。現実は無情なのだ。

「そして『フラワーガーデン』……、つまり、登場人物が『花畑』な思考の人物に改変されている。そういう意味ではないでしょうか」

だって、殿下が恋愛に溺れて王位継承権を捨てるとか、絶対ないし。殿下の頭の中、花畑が広がるような余地がないし。あと、クソ虫の頭の中、花畑どころか腐海が広がってるし。焼き払え！

ほわぁ～……などと脱力系の呟きを漏らしたマリーさんが、キラキラの目でこちらを見てきた。

「エリザベス様、すごいです！　めっちゃガッテンです！　連打しまくりです！」

そういう事言われると、頭ん中で『ガッテン！　ガッテン！』て連呼されるからやめてくれ。

「すごい……。これが『身体は子供、頭脳は大人』！」

「まあ確かに、じっちゃんの名はいつも一つですね」

「混ざってます！」

……このブレンドは気付くのか。

「じゃあもしかして、今もこの国のどこかに、あのゲームのPか何かの人が居るんですかねぇ～」

「居るかもしれませんね。……確認のしようもありませんけど」

何と言っても『死んで、生まれ変わる』のだ。まだ生きているのか、もう亡くなっている人なのかは分からないが、その人に「あなたは地球に転生する予定ですか？」と訊いても訳が分からないだろう。私がそうだったように、本人が望む訳でもないのだろうから。

「はー……、じゃあ本当に、私は『乙ゲーヒロイン』になんて、ならなくていいんですねぇ……」

心底ほっとしたように言うマリーさんに、私は頷いた。

「そうですね。『ゲームのヒロイン』は、マリーさんをモデルにしただけの、Pの考えた架空の人物ですから」

「あー、良かったぁ……。ていうか、道理でゲームのヒロイン、共感できない筈ですよね！　私じゃないいんですもん！」

道理でマリーさん、乙ゲーヒロインぽくない筈だよね！　ヒロインじゃないんだもん！

まあまだ疑問は残ってるんだけどね。何で私やマリーさんなんかが『前世の記憶を持ってここに居るのか』とか。それに意味はあるのか、ないのか……。……考えても、分かる筈ないんだけどもさ。

それから数日後、マリーさんが『疑問を解決してくれたお礼に』と、何か小さめの箱をプレゼントしてくれた。なんじゃらほい？　と城に戻って箱を開けてみると、中身は女性用下着のセットだった。

マリーさんち、今じゃ国一番の女性用下着メーカーだもんな……。ちびっ子用ブラジャー、愛用させてもらってます。

マリーさんがくれたのは、真っ白で綺麗なレースのついたブラジャーと、揃いのデザインのパンツだ。商品名の書かれたタグが一緒に入っている。

『天使の翼』

……日本の下着メーカーを混ぜるな！

商標とかないからって、結構好き勝手やってんな……。貰うけども。未使用品に限り、サイズ交換に応じます、と書かれた紙も入っている。有難し。

殿下に「何をもらったの？」と訊かれたが、答えられなかった……。ぱんつとブラジャーですよ、とは……、言えない……。マリーさんちで扱ってる商品です、と濁して答えたらば、殿下は流石にお気づきになられたようで、バツが悪そうに視線を逸らして「そうか……」とだけ仰っていた。

第6話　魔境にて。

俺の父の妹が、今の王妃陛下でいらっしゃる。

つまり、王太子殿下や姫殿下の従兄弟(いとこ)。それが俺、ヘンドリック・オーチャード。王太子であるレオンより、三つ年上だ。

あと俺には、妹が一人と弟が一人居る。妹は既に他家に嫁に行った。妹の幼馴染みであった伯爵家の跡継ぎだ。仲良くやっているらしい。弟は現在、他国へ留学中である。侯爵家を継ぐつもりはないらしく、何になるつもりなのかは分からない。

レオンは子供の頃から知っているが、随分変わったな、と最近は特に思う。

ガキの頃のレオンは、自分自身を含めた全てを、一歩引いた位置から冷静に見ている子供だった。自分の事すら他人事だから、感情が動かない。レオンが『普通に』笑っているところを、見た事がなかった。

俺は子供心に、レオンの事を『薄気味悪い』と思っていた。

いや、王となるにはそれでいいのかもしれない。自分に関心がないのだから、私利私欲になど走りようがない。そもそもレオンには『利』も『欲』もない。

とにかく優秀で、勉強なんかは三つ年上の俺より出来たくらいだ。そして、両親譲りの美貌。ガキの頃は、女の子と言っても通りそうなくらい、可愛らしい顔立ちをしていた。……可愛いのは、外見だけだったけど。

妹が笑いながら「レオン様って、大きくなったら『氷の王子様』とか呼ばれてそうよね？」と言っていた。恥ずかしい名前だな、と笑ったが、そうなりそうだなとも思った。

人間の筈なのに、触れたらきちんと温かいのに、体温を感じないのだ。

氷の王子様。ピッタリじゃないか。……でもそれは、何かちょっと哀しいよなぁ。

レオン自身は、決して悪いヤツではない。良い王になるだろうとも思う。けれど、付き合い辛い。

レオンの感情の見えない目が苦手だった。笑ったり、声を荒げたりしていても、それが『今はそうすべきだから』という『考え』でそうしているだけ……みたいな。本当に『楽しいから』とか、『嬉しいから』で笑っている訳じゃない。

何となく……、そう、何となーくレオンに対して感じる『薄気味悪い』が、『ちょっと怖い』になって、俺はレオンとあまり会わなくなった。

そうして距離を置いて数年。

珍しく、レオンから呼び出された。

ほんのちょーっと重い気持ちで、城のレオンの執務室へ向かった。侍従に案内されそこへ行くと、当然だけどレオンが居た。あれ？　という、小さい違和感。コイツ本当にレオンか？

「久しぶりだな、ヘニー」

「だなー。つか、どーしたレオン。俺になんか用？」

軽口を叩いてみた。レオンはそれに、小さく笑った。

あれ？　笑ったな、今。

「用がなければ、呼んだりしない。……まあ、座れ」

応接用のソファに座ると、レオンがその向かいに座る。

あれぇ？　何かちょっと、雰囲気変わったか？

「書面でもいいかと思ったんだが、顔を付き合わせた方が断り辛いかと思ってな。……お前に、私の側近となってもらいたい」

「……うぇ」

変な声が出た。思わず漏らしたおかしな声に、レオンが「何だその声は」と小さく笑った。

レオン……だよなぁ？　さっきから、笑ってる、よなぁ……？

「実はお前に断られると、後がない。だから何としても引き受けてもらいたい」

そう言って俺を見たレオンの目が。昔の無機質なガラス玉のような目ではなくて。

「まあ、いいけど……」

気付いたら、引き受けていた。


レオンの仕事を手伝うようになって分かった事が幾つかある。

まず、レオンは恐ろしく多忙だった。

お前、今までこれ一人で回してたの⁉　ウッソだろ⁉　と言いたくなる量の書類が、毎日毎日処理しても処理しても湧いてくる。

　それに加え、視察や賓客の歓迎などの公務が入る。その合間を縫って、婚約者のエリザベス嬢と会っている。

　執務や公務は削れないから、エリザベス嬢と会う時間削ったら？　と言った事がある。俺としては、レオンの身体を思いやっての発言だ。優しさ純度百％だ。が、言った瞬間、レオンが「は……？」と、聞いた事のないくらい低い声を出した。

　クッソ怖かった。

　次に、レオンは婚約者を大事にしている事がよく分かった。

　政略で選んだ相手だった筈だ。しかも、相手の顔も、人柄も、何も知らない状態で。まあ、政略で選んだんだから、大事にするのは当たり前だ。しかもエリザベス嬢を選んだ理由は『誰の利にも益にもならず、且つ誰も損をしない』という、「何じゃそりゃ」と言いたくなるものだ。

　確かにマクナガン公爵家であれば、その不思議な条件は満たせる。しかも相手が公爵家なだけに、表立って文句も言い辛い。

　そんな理由で選んだ相手なのだが。

　どんなに忙しくても、どんなに立て込んでいても、エリザベス嬢が執務室を訪れるとレオンは必ず手を止める。レオンが彼女の来訪を断る事はない。……まあ、エリザベス嬢は滅多に訪ねてこないんだが。

　そしてどれ程時間がなかろうと、三日に一度は必ずお茶を一緒にする時間を取る。

事ある毎に、エリザベス嬢に贈り物をする。そして、その度に「今回は何を贈ろう……」と真剣に頭を悩ませている。花とかで良くね？　女の子、大抵喜ぶじゃん、と言ったら「エリィは花に全く関心がない」と返された。……そりゃ悩むわ。そんじゃ装飾品は？「全く興味がない」って、エリザベス嬢、何なら喜ぶのよ⁉

今まで何贈ったのよ？　と尋ねたら「誕生日に、万年筆を贈ったな。使い心地が良く、手に馴染むと、喜んでくれた。大事にすると言ってくれたな」って、渋いな！　贈る方も、喜ぶ方も！

でもそう言ったレオンが、嬉しそうに微笑んでいて。

コイツ、昔とスゲー変わってねぇか？　と気付いた。

あの、感情のない薄気味悪い子供だったレオンを変えたのは、エリザベス嬢で間違いない。

レオンに話を聞く限り、えらく不思議な女の子だ。……レオンが全然会わせてくんないから、一回しか会った事ないけど。

どんな子なのか、興味あるんだけどな。

会わせてよ、っつーと、レオンが露骨に嫌な顔するから、すげー無理っぽいけど。ちょっと、話してみたいんだけどな。

そんな婚約者大好きというか、独占欲が爆発してるレオンが、エリザベス嬢の家に一緒に行くか？　と誘ってきた。

何か裏ある？　と尋ねたら、えらく深い溜息が返って来た。

「別に、裏などない。……ただ、あの家に行くなら、一人より誰か居た方が気が楽だと思っただけだ」

何ソレ？　と、レオンの背後に控える護衛騎士のグレイを見ると、グレイは僅かに苦笑していた。

苦笑っちゃうような家なの？　え？　それ、どんな家？

まあ、いいや。折角、レオンがエリザベス嬢に会わせてくれるっていうんだから、行ってみよ。


マクナガン公爵家へ向かう馬車の中、レオンは終始、眉間に皺を寄せて難しい顔をしていた。

それ、愛しい婚約者殿に会いに行くカオか？

「レオン、眉間に皺寄っちゃってんだけど。なんでそんな難しい顔してんのよ？」

言いながら、レオンの眉間の皺を伸ばそうと、指でぐりぐりやってみる。速攻で払いのけられた。

「お前も行ってみれば分かる。……かもしれない」

何なのよ？　なんでグレイもちょっと遠い目になっちゃってんのよ？

「マクナガン家は、魔境なのだ……」

って、だからそれ何よ!?　何か怖いじゃん！

殿下は現在、スタインフォード学院に通っておいでだ。

本来、外部の学院になど通う必要はないのだが、殿下はご婚約者のエリザベス様と一緒に居たいが為だけに学院に通う事を決められた。

普段、執務やご公務でお忙しくされているので、ほんの数年とはいえエリザベス様と共に城を離れての生活が出来るのは、殿下にとってとても良い事だと思っている。

その学院が秋季休暇となり、普段城で暮らされているエリザベス様がお里帰りする事となった。とはいえ、エリザベス様にもご公務などがあるので、ほんの三日間だけだが。その三日の内の一日。殿下もマクナガン公爵家を訪れ、一泊されるご予定を立てている。

愛するエリザベス様のご実家、しかも泊まりというのに、殿下は難しいお顔をされている。

「レオン、眉間に皺寄っちゃってんだけど。なんでそんな難しい顔してんのよ？」

殿下の側近のヘンドリック様が、殿下の眉間を指でぐりぐり押している。ヘンドリック様が気安いのは、殿下の従兄（いとこ）君であらせられるからだ。

「お前も行ってみれば分かる。……かもしれない」

ヘンドリック様の手を払いのけつつ、殿下はやはり難しそうな顔のままで仰った。

「マクナガン家は、魔境なのだ……」

真顔で真剣な口調で仰る殿下に、ヘンドリック様が噴き出すように笑われた。

「だっから、何なんだよ、それぇ」

「……だから、行ってみれば分かる」

溜息をつかれた殿下に、ヘンドリック様は「意味分かんねぇ」と笑っている。

いえ、多分、行ってみたら分かりますよ、ヘンドリック様。口に出すことなくそう思っていると、馬車が止まった。

殿下曰く『魔境』に到着したようだ。殿下の『護衛』として同行しているが、この邸の敷地内において、護衛騎士の出る幕などあるのだろうか……。そう思いはしても言えないが。

「ご到着、お待ちいたしておりました」

馬車を降りると、エリザベス様が綺麗な礼をした姿勢で仰った。

「出迎え、ありがとう、エリィ」

殿下はエリザベス様のお身体を起こさせると、するっと腰を抱き寄せ、頬にキスをされた。

……後ろの方のメイドが「あらぁ～……」などとにやにやしているのだが、あれはいいのだろうか。あと、ホールの柱の陰から殿下に向かって手を合わせている従僕らしき男性が居るが……。

「エリザベス様、私の訪問も許可いただき、感謝しています」

すっと綺麗な礼を取ったヘンドリック様に、エリザベス様が微笑まれる。

「お客様は大歓迎です。……主に、使用人たちが」

「は？」

怪訝そうに顔をあげたヘンドリック様に微笑むと、エリザベス様は殿下のお手をするっと取られた。

「両親が待っております。……あと、画家と」

「……すまないが、画家は追い出してもらっても構わないだろうか」

「畏れながら殿下、発言のご許可をよろしいでしょうか？」

エリザベス様の後ろに控えていた執事殿が、ヘンドリック様以上に見事な礼を取りつつ言う。

「許そう」

「は。お嬢様のお部屋に飾る為の肖像画を、描かせていただきたいのです。お嬢様たってのお願いでございます。どうぞ無下になさいませんよう……」

殿下が「ぐ……」と言葉に詰まられている。恐らく、執事殿の発言は、八割がた嘘だ。

この公爵邸において殿下は、『救いの神』として崇められている。その経緯を私は見ていたが、正直かなり引いた。邸の中のどこかに、殿下を祀る祭壇があるらしい。そこに掲げる肖像画を、彼らは欲しているのだ。殿下はそれを嫌っておられて、事ある毎に彼らの申し出を断っている。

しかし、嘘だと分かっていても「エリザベス様が望んでいる」と言われると、殿下も断り辛いようだ。

「そんなに大判なものを予定しておりませんので、お時間は取らせません。……ダメでしょうか？」

きゅるんとした上目遣いで殿下をご覧になるエリザベス様が、実にあざとい。

そこまでして、殿下の肖像画を……。……あんな用途の為に……。

殿下もそれはお分かりになられているだろうに、普段こういった媚びた行動をなさらないエリザベス様に、簡単に篭絡(ろうらく)されそうになっておられる。

「ぐ……、ぬ……、しかし……」

「お願いします、レオン様」

殿下の腕をぎゅっと胸に抱えるように取り、上目遣いの瞳を潤ませたエリザベス様に、殿下が苦渋の決断をなされた。

「……分かった。今回限りだ」

殿下がそう仰った瞬間、使用人たちが何人か「良しっ‼」と拳を握ったのを私は見た。

……殿下。確実に、祭壇とやらに祀られますよ……。

「護衛騎士殿は、職務がおありかとは思いますが、本日はどうかごゆっくりなさってください」

は？　いやいや、それはあり得ない。

「いえ、私はあくまで殿下の護衛でありますので……」

「存じております。ですが、この公爵邸には殿下を害する不埒な輩なぞ存在いたしません。……どうぞ、我らにお任せを」

丁寧な口調だが、圧がすごい。この執事殿は一体、何者だろうか。妙な威圧感がある。見た目はいかにも老練の執事なのだが。

エリザベス様の背後に立っていたノーマンが、私の方へ歩いてくると、私の肩にぽんと手を置いた。

「……執事殿の言う事を聞こう、グレイ。……逆らわん方がいい」

最後の一言を小声でぼそっと言うノーマンに、私は頷く事にした。彼の団服がやけにぼろぼろなのが気になったからだ。

……昨日一日で、一体何があったんだ？

「さ、殿下はどうぞ中へ。ヘンドリック様もどうぞ。……ディー！」

執事殿が声を上げると、「はいはーい」と軽い返事が返って来て、私の前に一人の青年が現れた。

服装からして、下働きの男性だ。

「護衛騎士殿には、ちょっとしたアトラクションでお楽しみいただきまぁっす！　さ、こっちっすよー」

案内するように歩き出した青年に、仕方なくついていく事にした。

歩き出した背後から、エリザベス様と執事殿の「ご武運を」という声が聞こえた。

レオンやグレイの態度に不安を募らせながらもマクナガン公爵邸へ到着すると、エリザベス嬢と執事らしき人、それと多数の使用人が出迎えてくれた。……使用人、後ろの方、下働きとかまで居ない？　え？　何で？　歓迎、熱烈過ぎない？
「ご到着、お待ちいたしておりました」
可愛い声で言いながら、エリザベス嬢がカーテシーをする。姿勢がめっちゃ綺麗だ。
エリザベス嬢自体も、めっちゃ綺麗で可愛い子だ。レオンが「どこかに閉じ込めておきたい」っていうのも分かんなくはない。……つか、やるなよ!?　やりそーな気配あって怖いけど!

「出迎え、ありがとう、エリィ」

とか言いながら、めっちゃ自然にエリザベス嬢の腰に手なんか回して、頬にキスしてやがる。お前、相手、まだ十二歳だぞ。もーちょっと我慢っていうか、控えろや。

……マジで、ガキの頃のレオン、どこ行ったんだろな?　メロメロじゃないか。

「エリザベス様、私の訪問も許可いただき、感謝しています」

俺だって、貴族っぽい挨拶くらいできる。普段しないけど。頭を下げた俺に、エリザベス嬢がふっと笑った気配がした。

「お客様は大歓迎です。……主に、使用人たちが」

……は?　使用人が?　歓迎してくれんの?　何で?　……いいけど、別に。歓迎してくれんなら。意味分かんないけど。

その後、レオンとエリザベス嬢のよく分からないやり取りを見させられ、護衛騎士の二人がどこかへ拉致られ、公爵と夫人が待つという部屋へ案内された。

公爵家に相応しい、綺麗で広い部屋の隅に、イーゼルを立てた画家が居る。

公爵も夫人も全く気にしていないし、エリザベス嬢も気にしていない。が、レオンの目が少し死んでいる。

「殿下、ようこそおいでくださいました」

輝く笑顔で公爵が言い、夫人と揃って頭を下げる。それにレオンが「顔を上げてくれ」と言い、促されソファに座る。

レオンとエリザベス嬢が隣り合い、俺は一人掛けのソファだ。……スゲー座り心地のいいソファだな。いいな、これ。後でエリザベス嬢にでも、工房を聞いてみよう。

「ヘンドリック殿も、ようこそ」

笑顔を向けてくれた公爵に、俺は頭を下げた。

「いや、畏まらなくて構わないよ。来客があると、使用人たちが喜ぶ」

だからそれ、何すかね？　聞きたいけど、聞けない。

「レオン様に肖像画を描いて良いと許可を戴きました。テレンスさん、お願いします」

エリザベス嬢が嬉しそうに画家に声をかけた。画家はそれに「畏まりました」と返事をし、早速しゃかしゃかと木炭を動かし始めた。

「まぁ～、許可いただけたのねぇ。良かったわね～、エリィちゃん」

夫人がとても優しい笑顔で言う。それにエリザベス嬢もにこにこしながら頷いている。エリザベス嬢、母親似なんだな。夫人もすんごい美人だ。

「殿下、ありがとうございます。娘の我儘に付き合っていただいて」

笑顔で言う公爵に、レオンが溜息をついた。

「……本当に、『エリィの我儘』なのだろうか……？」

「本当でございますよ～。エリィちゃんがどうしても欲しい！　と言うので～」

「そうです。何をお疑いになられるのです？」

笑顔の夫妻に言われ、レオンはまた溜息だ。何なんだ？

「……いや、もういい。……何だか色々、諦めがついてきた」

諦め？　え？　ていうか、婚約者が肖像画欲しいって言ってるだけの話じゃないの？

俺が余程不思議そうな顔をしていたのか、エリザベス嬢が俺を見てにこっと笑った。

「ヘンドリック様、別に何もおかしな事はございませんよね？」

「ない……と、思いますけど」

うん。俺も一応婚約者居るけど、欲しいって言われた事あるし。

「そうですよね」

にこっと微笑むエリザベス嬢の隣で、レオンがまた溜息だ。

肖像画欲しいって言うなんて、可愛いじゃん。レオンなら絶対喜びそうなのに。……それ以前に、レオンの肖像画なら、売ってんじゃね？　画商とか、家具屋とかに。まあでも、わざわざ欲しいっていう乙女ゴコロ？　とかなのかね？

「今日は天気もいいから、殿下方に庭でも案内したらどうだ？」

「そうですね。……テレンスさん、大丈夫ですか？」

真っ先に画家に声を掛けるエリザベス嬢。それに画家は「はい、問題ありません」と答えている。

「では庭へ参りましょうか」

立ち上がったエリザベス嬢に手を引かれて、レオンは少しだけ嬉しそうな顔をした。

「おー、今日は王太子殿下付きかぁ。そりゃまた、骨がありそうで結構だなぁ！」

私を見て楽し気に笑う男性は、見覚えのある顔だ。服装や装備品からして、庭師だろうか。

「我らが神と妖精を守るってんだから、骨くらいあってもらわないと困るっしょ」

青年も楽しそうに笑う。ノーマンはやけに厳しい顔で二人を睨むように見ている。……一体昨日、本当になにがあった……？

「失礼ですが……、ウェズリー殿でいらっしゃいますか？」

「ああ。お前さんは、ノエル・シモンズだったかな？」

「現在は、ノエル・グレイと申します」

やはり、グレッグ・ウェズリー殿であったか。先王の専属護衛騎士だった方だ。……現在はどう見ても庭師なのだが。

「ちゅーか、騎士様ってぇのは固くて面倒臭えモンだねぇ。ジジイが元は何であろうが、今は公爵家の庭師っすよ。そんで良くねっすか？」

呆れたように笑う青年に、ウェズリー殿も笑っておられる。

「まあ、その通りだ。けどこちらさんは、俺と違って現役の騎士だ。お前さんみたいにふにゃふにゃ柔らかくなんざ、居られねぇだろうよ」

かもなぁ、などと朗らかに笑う青年だが、この青年は何なのか。

「あの、貴方は……」

「俺は馬丁っすよ。公爵家のお馬さんの世話が仕事っすね」

馬丁……。それはそうなのだろうが、それだけか？　本当か？

「さて、お前さんらは、今居るこの場所をよぉッく覚えとけ」

ウェズリー殿に言われ、辺りを見回す。庭の隅にある、小さな四阿（あずまや）だ。

「そしたら次はこれ、どーぞ」

馬丁の青年が、布切れを差し出して来た。

「これは？」

「目隠しっす。これでちょっとぎゅっと、目を隠してください」

目隠し⁉　何故だ⁉

「まぁまぁ。ちょーっとしたお遊びっすよ。まだ一日は長いっすからねー。のんびり遊びましょうよ」

ノーマンと目を見合わせ、互いに少し迷った末、仕方なく言われる通りに目を覆った。

その後、馬に乗せられ、目隠しを解いていいと言われ解くと、——林の中だった。何が起きているのか、全く分からない。公爵邸に居た筈だが⁉

「ここは、公爵邸の敷地の中だ」

ウェズリー殿がこちらの戸惑いを見透かしたように、笑いながら言った。

「なぁに、ちょっとしたお遊びだ。お前さんらには、ここをスタート地点として、さっき居た四阿まで戻ってもらう。途中でもしかしたら、邪魔が入るかもしれんし、何にも起こらんかもしれん」

「騎士様ってぇのは、個人戦より団体戦が得意なんすよね？　二人も居りゃあ、充分『団体』っすよね？」

……いや、多分、二人では『団体』とは言わないが……。それでも、一人よりマシか。

「二人は『団体』とは言わんが……」

溜息をつきつつ零したノーマンに、馬丁の青年が笑った。

「そっすかぁ？　俺らからしたら、単独以外は全部『団体』っすよ」

「君の常識からしたら、そうなのかもしれないが」

「けど、騎士が二人しか居ない……って状況が、全くないとも言い切れないっしょ？」

それは確かにその通りだ。この青年、何者なのだろうか。

「途中で降参と思ったら、大声でそう言え。それじゃあ、始めるぞ！」

ウェズリー殿の大声に、がさがさと葉擦れの音や、高い指笛の音、猫の鳴き声……などの、様々な音が応えるように鳴り出す。

一体、周辺に何人潜んでいるんだ⁉　全く気付かなかったが。

「開始‼」

というウェズリー殿の声に合わせ、青年が一際高く長い指笛を鳴らした。

「あ、そうそう言い忘れてたっすけど」

私たちをここまで乗せてきた馬に跨った青年が、こちらを見てニッと笑う。

「何人潜んでるとかは言えないっすけど、一回仕留められたヤツは、十分後再行動開始してもいいルールになってんで。二度仕留められたヤツはもう出てこないっす」

ルール⁉　何なんだ、一体！


青年とウェズリー殿が馬で走り去ると、ノーマンが深い深い溜息をつきつつ、頭をガシガシと掻いた。この男にしては珍しい仕草だ。

「……仕方ない、行くか。方角的には……向こうか」

ここまでにかかった時間と、太陽の位置から、おおよその方角は割り出せる。しかし、それ以外に何の情報もない。

「ああ。……というか、これは何なんだ？」

尋ねると、ノーマンはまた深い溜息をついた。

「あの馬丁が言ってただろう？　『楽しいアトラクション』だよ」

吐き捨てるような口調だ。本当に、珍しい。何があったというんだ？　ノーマン。

レオンとエリザベス嬢と共に庭に出てすぐ、どこからか、甲高い笛のような音が響いてきた。

「……今の音は？」

怪訝そうな顔のレオンに、エリザベス嬢がにこっと笑う。本当に、笑顔が可愛い子だな。

「始まりの合図です」

「え？　何の？」

意味が分からず、素で発言してしまった。

地位としてはエリザベス嬢が俺より上だ。なので俺は本当なら、エリザベス嬢に礼を尽くさねばならない立場だ。うっかり素で話しかけ、実はかなり焦った。

けれどエリザベス嬢は、そんな事を全く気にした素振りもなかった。

「先ほど、護衛騎士が連れていかれましたよね」

ましたね。殆ど、拉致られてる感じだったけど。

「我が家の使用人たちが、彼らの実力を見てみたい……と言いまして」

あー……、お城の騎士様に興味津々みたいな感じかな？

「ノエルもノーマンも、死んだりはしないだろうな？」

レオン、真顔でなに言ってんの⁉

「大丈夫です。加減は心得た者たちばかりです。かすり傷くらいなら与えるでしょうが、彼らの業務に支障が出るような怪我は負わせません」

いやいや、待って！『使用人が』連れてったんだよね⁉　相手、護衛騎士よ⁉　騎士の中でも

エリートよ⁉

「おや、お嬢」

声を掛けてきたのは、庭師か何かだ。庭師……だよな？　顔にデカい傷跡あったり、やたら厳つい雰囲気だったりするけど……。

「ウェズリー……か？」

レオンの驚いたような呟きに、庭師っぽい人が騎士礼をした。庭師かなんかなのに、騎士礼がめちゃくちゃ様になってる。というか、一般人、騎士礼なんて知らないよな……？

「ご健勝、お慶び申し上げます」

「……庭師、なのだろうか」

「はい。公爵邸で庭師をしております。お嬢が食える草にしか興味ないもんで、放っとくと花が無くなっちまうんです」

『食える草』って何⁉

「食べられる花だってあるじゃない」

エリザベス嬢、問題はそこじゃないと思うよ……。

「グレッグは参加しないの？」

「ディーに任せますよ。俺は最後だけ見れりゃいいんで」

「それもそうかもね」

……え？　何してんの？　ていうか、誰、この爺さん？

一人だけ何も分かっていない俺に、レオンがこそっと教えてくれた。

「ウェズリーは、先王陛下の専属護衛騎士だった者だ」

専属護衛⁉　なんでそんな人がここに居るの⁉　退団した騎士って、騎士学校の教官とかやるんじゃないの⁉

え、何なの……。俺、驚いてばっかりで、既にちょっと疲れてきたんだけど……。

その後、エリザベス嬢の案内で庭を見て回った。花より木の方が多く、更には雑草にしか見えない草はもっと多かった。ハーブとかじゃなくて、ホントに雑草にしか見えねんだけど……。

エリザベス嬢曰く、「季節のおかずです」だそうだが、マクナガン公爵家って確か資産額トップクラスの筈よな……。何で草食ってんの？

ここはどうやら、本当に何の手入れもされていない、ただの雑木林らしい。……公爵邸の敷地内である事は確からしいが。

雑然と生い茂る木々に、生え放題の草。足場も視界も悪い。

「お……っと」

ノーマンが何かに気付いて足を上げた。その足元には、細い細い糸のようなものが張られている。

何かは分からないが、何かの罠だ。

歩き出して二十分ほど経過しているが、その短い間に幾つもの罠があった。ただの鳴子のようなものから、張られた紐を切ると何処からか矢が飛んでくるものまで、幾つも。

……というか、二十分歩いても邸が見えないというのは、どういう事だ⁉　公爵邸は確かに広大な敷地を有しているが、これほどに広大だったか⁉

今居る場所からは、上部を木々に隠されて、太陽の位置がはっきりと分からない。一応の装備品として、簡易方位計を持っているのだが、針があっちこっちを指して使い物にならない。

……『魔境』という言葉が、本当に相応しそうだ。

歩きつつ、ノーマンに昨日何があったのかを尋ねた。その回答は、驚くべきというか案の定というか、やはり『魔境』に相応しいものだった。

「『お嬢様を護るに足る技量があるかを見たい』と言われてな。使用人たちと手合わせをさせられた」

使用人、と……。私設騎士などではなく？

「使用人だ。マリナとエルザを含め」

あの二人もか！　というか、あの二人を同時に相手するだけでも、相当に骨が折れる。それは確かに、団服にほつれも出よう。

そう思ったのだが、どうやら問題はあの二人だけではないらしい。

「馬丁とポーターには気をつけろ」

馬丁……というと、私たちをここまで連れてきた青年か。ポーターはまだ会った事がないな。

「あの二人は、私たち騎士の動きを熟知している。予備動作などから、瞬時に次の行動を判断して先回りしてくる。とんでもなく厄介だ」

は⁉　いやいや、馬丁と荷運び(ポーター)だろう⁉　予備動作から、行動を予測する⁉　それはもう、一般の人々のやる事ではない。

「相手を『ただの使用人』などと思わん事だ。馬丁は元『鴉』だし、ポーターは元暗殺者だそうだ」

『鴉』⁉　というと、あの『鴉』か⁉

「その鴉だ」

鴉とは、国王直属の秘密部隊の一つだ。主に暗殺を担っている。構成員の正確な人数すら分からない、真の秘密部隊だ。その、元構成員……。

……マクナガン公爵家とは、本当にどうなっているのか……。魔境にも程があろう……。

ここまでに倒した相手は二人。一人は若い男性で、従僕と言っていた。ナイフ一本で騎士二人を相手取る従僕など、初めて見たが。もう一人は自称洗濯メイドだ。木の上から吹き矢を射かけてくるメイドも、私はこれまで会ったことがないが。

ヒュっと風を切る音が聞こえ、何か飛んできているのを感じ、咄嗟に避ける。すると、私のすぐ脇の木の幹に、細い金属の棒のようなものが突き刺さった。

見た事のない代物だが、長さ二十センチ程で直径一センチ程のその棒は、先端が酷く鋭利に研ぎ澄まされているようだ。暗殺者などが使用する暗器の類だろう。恐らくこれには、触れない方が良い。

歩き出そうとすると、背後でザリっと地面を踏みしめるような音がした。振り向こうとしたが、どうやら遅かったようだ。

「はい、減点一」

耳元に聞こえるのは、馬丁の青年の声だ。ちらりと目線を下げてみると、首元に刃物がぴたっとあてられている。

「……減点？」

「そっすよー。あ、因みに減点は、今日の晩飯のメニューに関わって来るんで！」

楽し気に言いつつ、青年は刃物をひいた。そしてナイフのような刃物を一度クルッと回すと、上着の中へ突っ込んだ。肩からホルダーを吊っているのだろう。

青年は木に突き刺さっていた棒を引き抜くと、それを今度は袖口にスルっとしまい込んだ。……あれは、気を引くための罠だったか。

「あ、減点の条件っすけど、『戦闘不能になり得る状況』で減点一っす」

そんじゃご武運を～、と軽い口調で言うと、青年は木の上に飛び上がった。凄まじい身体能力だ。分かっていたが、ただの馬丁ではない。あれが、元『鴉』の実力の一端か。

庭をぐるっと見て回って、庭の隅にある小さな四阿にたどり着いた。

そこの椅子に座ると、侍女らしき人がお茶の用意をしてくれた。様々な菓子も並べられた。……が、レオンの菓子だけ別に用意されている。何で？

「レオン様はそちらを召し上がってください。私とヘンドリック様は、こちらをいただきましょう」

「何が違うのだろうか」

レオン専用の皿に取られた菓子と、テーブルの中央のトレイに置かれた菓子は、種類も何も同じに見える。見えるのだが……。

「レオン様の分は、全部『大丈夫』なものです」

笑顔で言うけど、意味分かんないね⁉

「では、『大丈夫じゃない』ものとは……？」

あ、聞いちゃう？　レオン、それ聞いちゃう？

「中にマスタードですとか、ホースラディッシュですとかが詰まったものが混ざってます」

超笑顔で‼

「……そうか。私は大人しくこちらをいただこう」

「はい。我が家の菓子職人は腕が良いので、お城の方々にも負けないと思います」

「そうか」

いやいやいや、君たち、微笑み合ってるけども！　俺の分、中に何か入っちゃってるんだよね⁉

エリザベス嬢って、こんな感じの子なの？　レオンの話だと、もっとこう大人っぽいっていうか、理知的っていうか、そういうイメージだったんだけど。

あと気になるのが、テーブルの脇にチェス盤みたいなのが置いてあるんだよね。ていうか、ホントにチェス盤だな。駒が、白のルークが一つと、黒のポーンが三つしかないけど。

「ヘンドリック様、よろしければどうぞ」

エリザベス嬢に無邪気な笑顔で菓子を勧められ、断るのも失礼なので、吟味した上で一つ選んだ。小さなタルトだ。……どれもこれも、中に何か仕込める形状の菓子ばかりだ。くそう。

恐る恐る齧ってみたが、普通に美味かった。中はベリーのジャムとカスタードクリームしか入っていない。美味しいでしょう？　と少し自慢げに言うエリザベス嬢が年齢相応で可愛らしく、思わず笑ってしまった。

「そのチェス盤は？」

レオンも気になっていたらしく尋ねると、エリザベス嬢がにこっと笑った。

「グレイ卿とアルフォンスの現状です。白が彼らで、黒が我が家の使用人です」

言っていると、執事がやって来て、駒を幾つか動かした。

「トーマス」

「はい」

「東へ一マス、南へ二マス」

「畏まりました」

執事は恭しく礼をして、またどこかへ歩いて行った。

「駒を動かすのは、エリィか。……これは骨が折れるだろうな」

苦笑しているレオンに、エリザベス嬢が軽く笑う。

「私は誘導するだけです。実際にこの盤上通りに人を動かすのは、使用人たちです。彼らが私の考えたとおりに、グレイ卿とアルフォンスを動かせるかどうかにかかっております」

「因みに、勝敗はどうやったら決まるんだい？」

「ゴールはここです。ですので、ここで待っていたら、いずれ分かります」

ティーポットを持った侍女がやって来て、お茶を注ぐついでのように、チェス盤の駒を動かす。

「東へ一マス。アンナをそろそろ投入して」

「承知いたしました」

エリザベス嬢の短い言葉に頷くと、侍女はまた歩いて行った。

レオンは分かっているようだが、俺には何だかさっぱり分からない。

「……つまり、何がどういう事なんですか？」

尋ねると、エリザベス嬢が「ふふ」と小さく笑った。

「使用人たちが、護衛騎士の実力を見たくて連れて行った……と言いましたでしょう？」

言いましたね。

「邸の裏手に雑木林があり、現在彼らはそこに居ます」

雑木林。

何で大貴族の邸の敷地内に、そんなものがあるのかな⁉　王都でもちょっと珍しいよ⁉　領地には幾らでもあるけどさ！

「わざと、何の手入れもされていない林を作ってあるのです」

だから何でよ⁉

「そういう場所があると、侵入者はそこを『穴』だと勝手に勘違いします。『何故そんな不自然なものがあるのか』に気付くような者は、まず侵入などを考えません」

笑顔が眩しいけども……、エリザベス嬢、何言ってんの？

「その手つかずの林の中には、対侵入者の罠が幾つもあります。大半が使用人たちの趣味の産物ですので、害のない驚かすだけのような物から、一撃必殺の物まで多種多様ですが」

「一撃必殺とは……？」

やっぱそれ気になるよな、レオン！　対してエリザベス嬢のイイ笑顔ときたら‼

「起点を踏むと、まず矢が飛んできます。平均的な成人男性の身長をイメージして、大体頭の位置に」

既に殺る気がすごい！

「しゃがんで避けた場合を想定して、時間差で腹の位置にもう一本。移動して避けた場合を想定して、二歩程度移動した位置に落とし穴と、内部には水を張ってあります」

え……、えぇ～……。

「それにも気付いて避けた場合、穴の周辺にもう一回、矢の罠が仕掛けられています」

なんでそうエゲツない話を笑顔で出来んの⁉

「それは今回は撤去してありますけどね。矢じりに麻痺系の毒薬も塗られているので、かなり危険ですから」

どんだけよ‼　そうか……って、レオンがすげー遠い目になっちゃってるから！　気付いて、エリザベス嬢‼　ていうか、『使用人たちの趣味』って言ったよな⁉　どうなってんの、ここの使用人て‼

「我が家の使用人は、少々変わった経歴の持ち主が多く居まして。そんな彼らの中でも、戦闘特化型の者たちが、現在雑木林の中に散っております」

戦闘特化型の使用人て、何すかね……？　洗濯専門とか、掃除専門とかなら、ウチにも居るんですけどね……。

「戦闘特化型……って、衛兵とかそういう人たちですか？」

門衛やら、護衛兵やら、貴族の邸や家人を守る為に雇われている使用人は、侯爵家(ウチ)にも居る。

「いいえ。戦闘が得意な馬丁だったり、ポーターだったり、洗濯メイドだったりです」

……ごめん、エリザベス嬢。何言ってるのか分からない……。

「このチェス盤は、先ほども言いましたが、彼らの現状です。今、護衛騎士たちはここに居て、周囲に三人ほど潜んでいる使用人が居る状態です」

あい……。何かもう、訳わかんなくて、何でもアリみたいになっちゃってるな、俺。

「今回潜んでいる者たちは、基本的に単独行動の奇襲戦法が得意な者です。彼らが好き勝手に護衛騎士に戦闘をしかけます。それによって、もし護衛騎士を『戦闘不能と成り得る状況』にできれば、護衛騎士に減点。逆に、使用人がそういう状態に追い込まれたなら、使用人は『一回死亡』。二回死亡した使用人はゲームから離脱します」

遊戯（ゲーム）だったんだ⁉　遊びなの⁉　こんな殺意高い遊び、聞いた事ないんだけど！　騎士団の演習みたいになってんだけど！

言っていると、執事が来てまた駒を動かした。

「アンナが一回死亡です。ジャクソンも同じく。騎士殿は両名、減点一」

「減点を付けたのは？」

「グレイ殿はディーに。ノーマン殿はセザールに」

「……何の参考にもならなかったわ。……西に三。セザールとディーは退（ひ）かせてください。あの二人が居ると、騎士様が疲れるだけだわ」

「畏まりました」

……減点って言ったな？　確か『戦闘不能になり得る状況』だっけ？　つまり、使用人が護衛騎士を倒せる（もしくは無力化する）状況が出来たって事⁉

どうなってんの⁉

既に二時間が経過した。まだ林の中だ。

ここまでに食らった減点は、私が三、ノーマンが二だ。相手は奇襲戦法が主なので、戦闘らしい戦闘にもならない。初撃を避けられさえすれば、後はこちらが押し切れる事が多い。

流石に少し喉が渇いてきたな……と思っていたら、信じられない物を見つけた。

「……ノーマン」

「何だ……、って、あ?」

ノーマンもそちらを見てぽかんとしている。

林の中に、小さなテーブルが用意されている。その脇にはエリザベス様の侍女のマリナが立っている。テーブルの上には札が置かれており、『給水所　※罠ではありません。どうぞご利用ください』と書かれている。

「罠か……?」

呟いたノーマンに、私も頷いてしまった。

「いえ、罠などではございません。お嬢様からの差し入れでございます。水分補給だけはしっかりするように、と仰せつかっておりますので」

マリナの手には水差しがあり、テーブルの上にはグラスがある。

エリザベス様からの差し入れと言ったか。ならば嘘はないだろう。彼女がエリザベス様の名を騙るとは思えない。ノーマンもそう考えたのだろう。互いに頷き合って、そちらへと向かった。

グラスに水を注いでもらい、一気に飲み干した。

「おかわりはいかがですか？」

「いただきます」

もう一度注いでもらい、それも一気に飲み干す。

「ありがとうございました」

グラスを置いて立ち去ろうとしたら、マリナに呼び止められた。

「クッキーもございますので、是非どうぞ。空腹では動きも鈍くなりましょう」

「それは罠などは？」

尋ねたノーマンに、マリナが「ございません」と静かに答える。マリナがしきりに勧めてくるので、一枚だけいただく事にした。手で二つに割ってみたが、普通のクッキーだ。

「さあさあ、どうぞ。まだ沢山ございますよ」

これは食べるまで動けないアレだな……。意を決して、クッキーを口に入れる。サクっと柔らかい歯ごたえだ。……が、ちょっと待て。

味がない。

驚くほどに無味だ。しかも口の中の水分が全部持っていかれる。何だこれは⁉

ノーマンも怪訝な顔をしている。とにかく、初めて食べる種類のものだ。

「お嬢様の『クッキー（進化バージョン）』でございます。食感は良いのですが、無味無臭です。そして、お口の中がぱっさぱさになります」

エリザベス様‼　おかしな方向に進化しないでください‼　本当に、前回のクッキー（仮）といい、どうやって作るんですか⁉

「お水、もう一杯いかがですか？」

「……いただきます」

これはある種の罠なのでは？　と思った。

それからは暫く、他愛のない話をした。学院での出来事や、エリザベス嬢に出来たご友人の話、レオンの執務についての話……。
合間合間に使用人たちがやって来て駒を動かし、エリザベス嬢が指令を出していく事を除けば、和気藹々（わきあいあい）としていた。
やがてエリザベス嬢が「そろそろ陽も落ちるから、騎士様方をここへ」とメイドに告げた。それに「畏まりました」と返事をし、メイドは去って行った。
恐ろしい事に、盤面はずっと、エリザベス嬢が告げる通りに動いているのだ。……使用人もだけど、この子もどうなってんだ？

エリザベス嬢が賢いという事はよく分かった。短い時間だが話をしてみると、彼女の知識量が尋常でない事はすぐに知れた。レオンが外交問題などを振っても、少し考えた後ですぐに自分なりの回答を出してくる。

この子、俺より七つも年下だよな⁉　と、何度も驚かされた。

……あと、メイドが持ってきた、エリザベス嬢の手製というクッキーにも驚いた。味のない菓子なんて、生まれて初めて食べた。美味しいとか不味い以前の問題だったし、口の中がぱっさぱさになってむせた。レオンも一つ食べて後は手をつけなかった……。

「お嬢、お疲れっすー」

呑気な口調で言いながら、青年が歩いてきた。

黒っぽい髪の人の良さそうな笑顔の青年と、白髪のびっくりする程綺麗な顔立ちの青年だ。黒髪の方は中背で細身、白髪の方は長身痩躯（そうく）だ。二人とも、言ってはなんだがヒョロい。

「お疲れ様。最後にひと暴れ、お願いね」

「オッケーす」

「頑張ります」

二人は伸びをしたり、手足を振ったりと、準備運動をしているようだ。

「彼らは？」

尋ねたレオンに、エリザベス嬢がにこっと笑った。

「馬丁とポーターです」

「……そうか」

レオン！　質問諦めないで！

エリザベス嬢の言葉に、黒髪の方が軽く笑うと、レオンに向かって礼を取った。跪いて片手の拳を地に着ける、独特な礼だ。それを見たレオンが、僅かに驚いたような顔をした。

感情を殆ど表情に出さないレオンが、それでも『驚いている』と周囲に分かるくらいだ。相当ビックリしてるんだろう。

「元、国王直属特殊部隊『鴉』、名は特にありません。ここではディーと呼ばれております」

鴉⁉　って、ホントに居るんだ⁉　居るとは知ってたけど、見るの初めてだ‼

「『梟』に『鴉』に……。マクナガン公爵家とは一体、どうなっているのか……」

遠い目で溜息をついたレオンに、ディーと名乗った男が笑った。

「居心地のイイ鳥小屋っすよ」

ディーは立ち上がると、白髪の方を見て軽く肘で小突いている。「お前も名乗れよ」とせかしているようだ。

「ディーが挨拶したんだから、貴方もしなさいよ、死神」

「死神って言わないでください‼」

エリザベス嬢の言葉に、白髪が叫ぶように言った。何ぞ？　『死神』？

白髪の方は「ふー……」と一つ溜息をつくと、レオンに向けて貴族の礼をした。見目がいいので、やたらと様になっている。

「セザール・ヴィクトールと申します。マクナガン公爵家のポーターでございます」

「いや、名乗れや、死神」

「煩いんだよぉぉぉ‼」

ぎゃあぎゃあと騒いでいる二人を無視し、エリザベス嬢がレオンに微笑んだ。

「元暗殺者です。『白き闇より出でしナンタラカンタラどうとかこうとかの堕天の死神』、略して『白き死神』という通り名で――」

「お嬢様、やめてぇぇぇ‼」

ポーター、お嬢様の言葉遮ってるぞ……。あ、でもエリザベス嬢、何にも気にしてないな……。

「現在は、自分でつけた恥ずかしい通り名に悶絶するだけのポーターです」

「……うん、……そうか」

レオン！　負けんな！　すげー遠く見ちゃってるけど、負けんな！　あと『死神』さんも負けんな！　強く生きろ！

「お嬢様、お待たせしましたー」

見た事もない何かを持ったメイドがやって来た。よくあるクロスボウに似た物だけれど、形状が違う。何だ、ありゃ。

「リリー、よろしくね」

「お任せください。試作十六号が唸りますよー！」

見た事のないクロスボウ（?）を構えたメイドに、レオンが軽く首を傾げた。

「ボウガン……か？」

「はい。バーンディア帝国のボウガンを、更に独自に改良したものです」

……ん？　いや、待って。エリザベス嬢、今なんて……？

ボウガンとやらを持ったメイドが、この国とは異なった様式の礼を取る。

「元、バーンディア帝国武器工廠開発部門所属、リリアーナ・キャンベルと申します」

……武器開発部門……。よく出国出来たな、この人……。

「レオン様、ヘンドリック様、お二方にお願いがあります」

ん？　お願い？

「これから、彼女があの武器で私を狙います。お二方には、なるべく動かずに居て欲しいのです」

あぁ⁉

言っている意味が分からない。レオンもえらく驚いてエリザベス嬢を見ている。でもエリザベス嬢はにっこにこの笑顔だ。

「当然、外すように撃ちます。お二方には危険はありません。ですのでレオン様、絶対に、私を庇おうと動かないでください」

あー……。レオンなら動くだろうなぁ。無意識レベルで。

「しかし……」

「大丈夫です。もし万が一当たったとしても、命には別条ございません。レオン様やヘンドリック様が動いてしまわれる方が、逆に危ないのです。……どうぞ、ご理解ください」

「一応俺が、お嬢の護衛の真似事をいたしますよ」

背後からそう言ってきたのは、元護衛騎士の庭師だ。

「まあ、あの護衛共も、本分さえ忘れてなきゃあ、お嬢や殿下を助けに走るでしょう」

「そういう事です」

レオンを見てにっこりと笑ったエリザベス嬢に、レオンが深い溜息をついた。

「……成程。そういう試験か……」

「そういう事ですな」

庭師が満足そうに笑った。

そこから更に一時間。

いい加減に分かる。林が広いのではない。我々が進行方向を誘導され、迷わされているのだ。

日の光が届きにくく、コンパスも用を為さない。その中で、戦闘中にさりげなく移動などをし、現在地を眩ませている。

「そろそろ出たいものなんだがな……」

ふー……と息を吐くノーマンに、疲労の色が濃い。

「そうだな。いつまで集中力が持つやら……」

私も大分疲れてきた。……主に、精神的に。

歩き続けていると、またおかしな物を目にした。

「また、罠か……？」

ノーマンはすっかり疑心暗鬼だ。そこにあったのは、立札だ。矢印の形をした木製の立札で、『順路』と書かれている。

「……とりあえず、進んでみるか？」

「そうだな」

どうせ、方向が合っているのかどうかも定かでない。罠だとしても、乗ってみよう。

点々と、『順路』と書かれた立札がある。中には順路と書かれた下に『上からくるぞ！　気を付けろ！』と書かれていて、本当に上から刺客が降ってきたり、『！落とし穴注意！』と書かれていて落とし穴がなかったりと、罠なのか忠告なのか判別に迷うものもあった。

やがて、順路の立札に、『お出口はあちら』と書かれたものが登場した。あちらとされている方を見ると、確かに林が途切れている。

「いや、罠なんじゃ……」

呟くノーマンに、とりあえず行ってみようと促し、そちらへと向かう。

「出られた……」

本当に、出口だった。

鬱蒼とした雑木林は終わり、きちんと整備された小径と、手入れされた木々がある。

太陽は大分傾いている。けれどこれで、方角が分かる。とりあえずは、この小径沿いに進めば大丈夫だ。

職務柄、林などの自然環境ではなく、邸などの人工的な環境の方が慣れている。おかげで、警戒すべき場所が分かり易い。目的の四阿が見えるまでに、ノーマンと合わせて四人の使用人を『戦闘不能扱い』にした。

……しかし、誰も彼も、戦闘などしそうにない風情の者ばかりだったが。この魔境は一体、どうなっているのか。


目的の四阿にはどうやら、殿下とエリザベス様、そしてヘンドリック様がお茶を楽しんでおられるようだった。マリナは既に、エリザベス様の背後に控えている。……彼女も一体、どうなっているんだ……。

「さ、あとちょっとっすよ。気合い入れて行くっすよー」

立ちはだかったのは、馬丁の青年だ。そしてもう一人、白髪に青灰色の瞳の、やたらと綺麗な顔立ちの青年。

白髪の青年が、一度ぽーんと軽く飛び跳ねた。そして着地と同時に、凄まじい速さでこちらに迫ってきた。

それを避けようとしたところに、馬丁の青年がナイフを打ち込んで来る。ノーマンがナイフを剣で撃ち落としてくれ、その隙に私は馬丁の青年への距離を詰めた。が、馬丁はさっと飛びのいて、また距離を取り直す。

相手二人の身が軽すぎて、動きが読み辛い。おそらく白髪の青年がポーターなのだろう。ノーマンに聞いてはいたが、この二人は本当に只者ではない。

馬丁の青年が振るナイフを、剣で受け止める。一撃一撃は軽いのだ。けれど、速さが尋常ではない。手数も多い。暗殺者などに多い手合いだ。

馬丁の青年に向けて蹴りを放つが、ぴょんと軽く飛び退（の）いて避けられる。そこに白髪の青年が足元を狙って何かを投げてくる。何とか避けて見ると、小さなナイフのような物だった。この家の使用人たちは、使う武具が特殊過ぎて対処に困る。

地面に突き刺さっているそれを、引き抜いて青年に力いっぱい投げ返す。が、青年はあっさりとそれを受け止め、「ありがと」などと言って笑う。

随分余裕だな。

その時、視界の隅に光る物が映った。庭の木の陰から、四阿を狙うボウガンだ。この家の使用人が、本気で殿下やエリザベス様を狙う筈がない。

筈はないのだが――

目の前の二人を放って、四阿へと走った。ノーマンは、ボウガンを構えているメイド（またメイドか！）の方へと走っている。四阿の前で、ボウガンの射線を遮るように立ち、そちらに視線を向けた。ノーマンがメイドの手を掴み、ボウガンを空に向けさせている。

「そこまで‼」

四阿から、執事殿がよく通る声で言った。

「ウィース、お疲れー」

「お疲れ様でーす」

さっきまで戦っていた二人が、そう言いつつ私の肩を叩いて笑った。

終わった……のか……？

ノーマンも、掴んでいたメイドの手を放し、彼女に向けて謝っている。メイドはからからと笑っているが。

終わったのか……。……なんて、疲れる一日だ……。

到着した護衛騎士二人と、鴉・死神との戦闘が始まった。……が、速すぎて目で追いきれない。
何だ、ありゃぁ……。さっきまで軽口叩いたり、通り名に悶絶したりしてた人らだよな……？ていうか、『護衛騎士』って、やっぱすげえんだな。俺は目で追うのがやっとなのに、二人ともちゃんと対応してる。
レオンは既に、遠い目で彼らを見ている。……ていうか、エリザベス嬢っていっつもこんな感じなの？　エリザベス嬢だけ、すごいイイ笑顔で戦闘見守ってるけど。

と、そちらを呆然と見ていると、護衛騎士の二人が同時に何かに気付いたように走り出した。

へ⁉　何だ⁉

見ると、グレイがこちらへ、ノーマンは離れた木の陰へと真っ直ぐ向かう。あ！　ボウガン（だっけ？）のメイドさんか！

彼女はノーマンに抑え込まれ、グレイは射線を遮ってレオンとエリザベス嬢を庇うような位置で止まっていた。

「それまで！」

執事のよく通る声が、ゲームの終了を告げた。

「本分は、忘れちゃなかったようですなぁ」

庭師が独り言のように零した言葉に、エリザベス嬢が満足げに微笑んだ。

「それはそうよ。彼らは『王族専属護衛騎士』だもの。しかも、筆頭よ」

「その名前に溺れるヤツも居るんですよ、お嬢」

「勝手に溺れて沈めばいいわ、そんな人」

「はっは！　その通りだ」

楽し気に笑うと、庭師は使用人たちが反省会のような事をしている方へ歩いて行った。

「……ウェズリーに、合格を貰えたようだな」

微笑んだレオンに、エリザベス嬢も微笑んで頷く。

「あの二人に関しましては、試すような必要も全く感じませんけれどね」

「確かにそうだ」

微笑み合う二人に、俺だけはなんだか複雑な気持ちになっていた。

「えー、では総評に入りまーす」

四阿の前の庭園で、十名ほど集まった人々の前に立たされ、馬丁の青年がのんびりとした口調で言い始めた。

「まずアンナ」

「はーい！」

元気に手を挙げて返事をしたのは、道中で二度『戦闘不能』になったメイドだ。

「よく頑張りました！　副賞として、『パンの具材を好きに選べる権』贈呈！」

「やったぁ！　ネイサンさーん！　私、ハムとチーズがいいです！」

「はいよー、了解ー。明日の朝用意しとくよー」

「次、エリーゼ。もうちょっと頑張りましょう！」

「えぇー‼　私、頑張ったと思うのにぃー‼」

その『総評』とやらを、殿下とエリザベス様たちも、四阿で聞いている。殿下は少し遠い目をしておられるし、ヘンドリック様は呆然とされている。エリザベス様お一人が、にこにこと楽し気な笑顔だ。

「で、ラスト、死神」

「死神って呼ぶなぁぁぁ‼」

叫んでいるのは、白髪の青年だ。

「お前、鈍ってんじゃねぇの？　動き、遅えんだよ。何が死神だよ。イキってんじゃねぇよ」

「僕、ただのポーターだし、動き遅くても仕方ないし、イキってないし、死神じゃないし！」

「うるせぇ、死神」

「だから、死神って呼ぶなぁぁぁ!!!」

鈍ってる？　動きが遅い？　アレで⁉　嘘だろう⁉

「そんで、護衛騎士のお前らだが……」

いつの間にかやって来ていたウェズリー殿が、青年に代わって話し始める。

「本分を忘れない姿勢は、合格だ。後はもうちょっと、柔軟に対応できりゃ文句無しだな」

「はっ」

私とノーマンが揃って礼をする。それに周囲から「カッケー！」「騎士様素敵ィ」などの声が飛ぶが、聞こえない事にしておこう。

「お前さんはセザールの事ボロカスに言うが、お前さんこそ鈍ってんじゃねぇか？」

馬丁の青年を見て言ったウェズリー殿に、馬丁の青年がニヤっと笑った。

「だって俺、タダの馬丁だし？」

「まあ、そりゃそうだがな」

「ねえリリー、さっきのボウガン、見せて？」

いつの間にかエリザベス様が、使用人たちに交じっておられる。

「はいはい、どうぞー。グリップ、ちょっと削ってみたんですよー」

「この滑車、もうちょっと削れるかも。軽い方がいいでしょ？」

「えー？　でもそうしたら、強度がヤバくないですかぁー？」

まるでドレスや宝石の話でもするかのような弾んだ声音で、二人で話し込んでいる。

「これ、弦の素材変えたら、もーちょい威力と飛距離出そうなんすよねー」

そこに従僕の男性が加わる。

「そうなのよ。それは考えたのよ」

「リムももーちょい何とかなりそうなんですけどねー」

楽しそうで何よりだ。

……エリザベス様があういうお方になられた要因は、確実にこの魔境にあると思った。

総合で私は減点が三、ノーマンも同じく三だった。夕食のデザートが無くなったそうだ。別に構わないが。

更に、深夜に寝ようとすると、ハニートラップ部隊とやらがやって来て、精神を疲弊させることになった。

マクナガン公爵家は、魔境である。

……次に殿下がこちらを訪問される際は、供は私でなくても構わないだろうか……。出来たら、辞退させていただきたいのだが……。

俺は帰りの馬車の中で、一日を振り返っていた。レオンは泊まりだそうだ。なので、馬車には俺一人だ。あの家に一泊……。面白そうだけど、疲れそう……。

本当に今日一日、どれだけ驚いたか分からない。そりゃあ、レオンの表情も感情も、豊かになる筈だ。

エリザベス嬢はビックリ箱みたいだ。何が飛び出すか分からない。ふわふわとした妖精のような見目からは想像もつかない中身が詰まっている。

そして、マクナガン公爵家は確かに『魔境』だ。エリザベス嬢以上に、何が入っているのか、何が飛び出すのか、全く予測がつかない。深入りすると抜け出せなくなりそうだな。

俺はせいぜい、距離取ったとこから、親愛なる従弟殿を見守らせてもらおうかな。

でもいつか、エリザベス嬢には礼を言おう。

レオンを人間にしてくれてありがとう、と。

第7話　エリザベスは踊る、されど上達せず。

光陰矢の如しでござる。学院での一年があっちゅー間に過ぎ去り、現在は二年目が終わった春でござる。

この『学業第一、後は知らん！』な体制の学院には、学祭などない。つくづく、乙ゲーの舞台にならん要素のみで構成されている。因みに生徒会などもない。男子寮には自治会があるようだ。

……男子寮自治会を舞台にならゲーム作れそうな気がする。BでLだけど。

殿下は今年ご成人を迎えられた。

十八歳だ。もう立派な大人だ。そう、見た目も。背が高く、程よく筋肉もつき、お顔もすっかり青年らしくなられて、我らが神は眩(まばゆ)いばかりだ。

私は十四になり、身長が……伸びない。何でだ⁉　お母様はスラっと背の高い美人なのに！

いや、ウソウソ。伸びた、伸びた。ハハハ。……百五十センチそこそこって、どういう事かね⁉

殿下ロリコン説、未だに根強く残っておりますよ……。これもう、払拭とか無理じゃね？　女子の身長って、まだこっから伸びるモン？　日本基準で言えば、中二よ？　厨二じゃなくて、中学二年生よ？　……前世、小学六年生で成長止まった記憶あんだけど。絶望感、すげぇんだけど。あと顔も、驚きのベビーフェイス(童顔)なんだけど！　未だに隣国のロリコン王からラブコール来るんだけど！

まあ、十八歳で美青年になられた殿下は、これからご公務が忙しくなられる。なので、学院は殆どお休みになるそうです。

「卒業資格は、ほぼ取れているから心配いらないよ」

って、さす殿。カッケーす。

「エリィはもう一年、楽しんでおいで」と微笑んでらした。大人の余裕っすかね、殿下。

「こ、こんなピンチが、人生においてあるなんて……」

今は学院は春休みだ。三月末から、五月の一週目の終わりまで、かなり長い休暇である。この間に、あの地獄の入学試験が行われる。既に何もかもみな懐かしい……。

休みでも、学院内の施設は利用できる。経過観察の必要な実験をしている生徒さんとか、いっぱいいいるからね。

そのカフェテリアにて。今年で十六歳のポンコツ娘がガタガタ震えている。

手に持ったグラスがブルブル震えまくって、中のオレンジジュースが零れそうだ。それをエミリアさんがはらはらしながら、既にハンカチを待機させて見守っている。

「マリーさん、とりあえず、グラスを置きましょう」

「お、置きます……」

グラスの底がテーブルに当たり、カチャカチャと小刻みな音を立てている。どんだけ震えとんねん！

エミリアさんが介護要員みたいになってる。さすがエミリアさん、白衣の天使……。

マリーさんの『人生最大のピンチ』とは、五月の二週目に王城である大舞踏会だ。これが所謂『社交デビューの場』になる。成人は十八だが、社交デビューは十六歳だ。

何が違うかというと、飲酒が十八歳からである。十六や十七の子たちは、夜会に出てもお酒は飲めない。別に飲んでもいいが、それで何かやらかした際の罰則が重くなる。

あと、十八から『参政権』的なものが得られる。王城の主要部署で働こうと思ったら、十八歳を超えている必要がある。政治に絡まない侍女や料理人などはその限りではないが。

社交デビューを果たすと、夜会への参加権を得られる。というか、強制される機会が増える。あと、十六から結婚できる。

……だもんで殿下が、私が十六歳になるのを、指折り数えて楽しみにしておられる……。事ある毎に「あと〇年と〇か月だね」と仰るが、最後の『〇か月』の部分が細かすぎてちょっと怖い。

その社交デビューだが、その年に十六歳になる貴族の令嬢・令息全員に、王城から大舞踏会への招待状が贈られる。

オーストリアのオーパンバルのようなものだ。格式高いお見合い会場という意味でも同じだ。

男性はテールコートに白手袋、女性は純白のドレスとロンググローブが決まりで、その年のデビュタントたちがお披露目される。そこで、決められたダンスを踊る必要がある。

マリーさんのピンチは、そのダンスだ。パートナー固定のダンスではなく、数人一組で輪になって、何度もパートナーチェンジを繰り返しながら踊る。デビューの大舞踏会でしか踊らないダンスである。

人生一度きりの晴れ舞台なのだ。……が、このダンスが！　かなりクセがあって難しい。

「そんなに難しいものなんですか？」

社交に縁のない、由緒正しき庶民のエミリアさんが聞いてくる。

「難しいのよぉぉ！」

「マリーに訊いてないわ」

わぁお、笑顔で辛辣ゥ！

「まあ、難しいですね。なので、間違えても『御愛嬌』で済みますよ」

「ですって！　良かったじゃない、マリー！」

「良くないぃぃぃ……」

マリーさんのバイブ機能がぶっ壊れっ放しだ。

うーん……。どうするかねぇ。私は覚えてはいるが、私自身の運動神経がちょっぴりアレだ。他人様にお教えできるものではない。

ダンスを教えて下さった先生にも「動きは合っているのですが………。いえ、何でもありません。エリザベス様はそれで大丈夫です」と引っかかる所しかない太鼓判を貰っている。

どうでもいいが、このダンスの練習の際にパートナーを殿下が務めてくださった。何度も殿下の足を踏んだり、脛（すね）を蹴りつけたりしてしまったのだが、「エリィの初めてのデビューダンスの相手を務められて光栄だよ」と色気が溢れすぎてもうエロい感じの笑顔で言われた。

ダンス、ねぇ……。我が家の謎経歴の使用人たちに、一人くらい得意な人が居るかなぁ？

訊くだけ訊いてみるか。


「いや、何で平民（最底辺スレスレ）の俺らがダンスとか踊れると思ったんすか？」

公爵家を訪れ、「誰かデビューダンス踊れる人居ない？」と訊いたら、最底辺スレスレのディーからそんな答えが返って来た。

「いや、ディーが最底辺だとしても、誰か居そうかなーって。一人くらい、普通の貴族家の出身居るでしょ⁉」

もしかして、一人も居ないの⁉　フツー、公爵家レベルの使用人って、貴族の娘とか次男とか三男とかだろ⁉

「何でお嬢様、マクナガン公爵家に『普通』をお求めなんですかぁ？」

アンナにのんびりとした口調で言われた。

……いや、ちょっとくらい『普通』要素あるかな……って。

「男性パートでしたら、お教えできるのですが……」

流石、爵位持ち執事トーマス！　しかし、今求めているのは女性パートだ。

「つーか、城で探した方がいんじゃねっすか？　死神が一応貴族だった筈っすけど、この国の出身じゃねぇし」

「いや、死神には特に何も期待してないから」

他国出身者に用はねぇ！　……素直に、城で探すか。

目の前で、不機嫌を隠そうともせず、眉間に皺まで寄せながら言うお兄様に、思わず笑ってしまう。

「エリィに会う時間がない」

「わたくしは明日、公爵家を訪れますから、なにかご伝言でもされますか？」

エリィがお友達にダンスを教えてくれる者を探している、と聞いたのです。初めは侍女がその役を買って出ようとしていたようですが、話を聞いてわたくしが講師役に立候補しました。

エリィがお友達に教えてほしいと言っているデビューダンスは、わたくしも既に教わって習得しています。ダンスの先生からも「完璧です」と言っていただきました。……まあ、何割が本気でお世辞かは分かりませんけれども。

「……いや、いい。……楽しんでくるといい」

お兄様がなにやら遠い目でそう仰います。

楽しんできますとも。わたくしだって、エリィと会うのは久しぶりなのですからね。

同じ城で寝起きしているとはいえ、エリィの居る『王太子妃の部屋』というのは、わたくしの居室とは離れています。なので、滅多に顔を合わせる事もありません。……ちょっと寂しい。

お兄様は本当にエリィと出会って、随分と変わられました。それは当然、良い方への変化で。

誰か、私の友人のポンコツに、デビューダンスのコツを伝授してもらえんかね？　と声をかけまくったら、一人釣れた。しかも、どえらい大物が。エビもついてない針で、鯛どころかマグロ釣っちゃった感あるわ。

本日は、ポンコツヒロインを公爵邸に招いての、ダンスレッスンだ。

「エリザベス様ァァ……、ありがとうございますぅぅぅ……」

まだバイブ機能壊れとる。

「友人の為ですから」

溜息をつきつつそう言ったら、色々ぶっ壊れてるマリーさんが泣き出した。怖いから、勘弁してくれ。

我が家にも一応、広間（ダンスホール）がある。夜会など滅多に主催しない為、普段使用人たちの遊び場になっているのは内緒だ。

マリーさんをそこへ連れていき、本日の講師と引き合わせる。

「マリーさん、こちら、本日の講師を引き受けて下さったリナリア王女殿下です」

礼！　礼して、マリーさん‼　アホの子みたいに口開けてないで‼

マリーさんはハッと気づき、慌てて礼を取った。そのバタバタとした優雅さの欠片もない状況に、リナリア様はくすくすと笑っておられる。

「どうぞお顔を上げて下さいな。初めまして、マリーベル・フローライトと申しますっ！　拝謁できまして、恐悦至極に存じますっ！」

「いいいいいえっ、どどどうぞ、マリーとお呼び下さい！」

どんだけ震えんねん。

「エリィは『マリーさん』とお呼びしてるのね？」

「はい」

「ではわたくしもそう呼ばせていただくわ。よろしくね、マリーさん」

「はははははぃぃ………」

バイブ、そしてミュート。マリーさんが新たな機能を手に入れた。マリーさん16ｓと名付けよう。

リナリア王女殿下は、今年で十五歳であらせられる。私の一つ年上、マリーさんの一つ年下だ。

王太子殿下が眩い美形であるように、リナリア様もそりゃもう眩しい光属性な美貌だ。

二年後、私と殿下が婚姻した後に、リナリア様も他家へお輿入れされる事が決まっている。お相手は、ロバート・アリスト公爵閣下だ。

婚姻後も国政に携わりたいリナリア様と、嫁探しで辟易されていた閣下の利害が一致した。互い

に「天啓を得た‼」みたいな顔で、非常に熱く、且つ事務的に婚姻について語り合っていたそうだ。殿下が遠い目をしながら教えてくれた。

とても仲睦まじい婚約者同士なのだが、会話を聞いていると『同じ道を志す同志』か『戦友』という風情で色気が全くない。……まあ、本人たち幸せそうだから、それでいいけども。

閣下の元にゲリラ豪雨の如く降って来ていた縁談も、さすがに王女殿下の降嫁とあっては横槍も入れられない。という訳で、婚約の成立以来、閣下のご機嫌がすこぶる良い。

「女性パートはリナリア様が教えてくださるそうです」

そんな‼　みたいな顔しないで、マリーさん！

まだ震えるマリーさんの背を撫でつつ、小声でコソっと言った。

「大丈夫です。リナリア様は不敬だとかは気になさらない、寛容なお方です。まず、そのバイブ機能を止めて下さい」

「て、停止ボタンを……」

どこだよ‼

「で、男性パートですが、リナリア様の護衛騎士を務めていらっしゃるモルゲン様と、そこのアルフォンスと、あともう一人、運動神経と見目の良さのみで選ばれた我が家の死神です」

死神？　と、リナリア様とマリーさんの声がハモった。紹介に与(あずか)った死神は、しゃがみこんで顔を両手で覆い、さめざめと泣いている。

「……セザール。悪かったわ。謝るから、泣かないで」

「……こんなに長くついて回るとか……。昔の僕を殺してやりたい……」

一生消えない、それが黒歴史の黒歴史たる所以！　とはいえ、デカい図体で泣かれても鬱陶しい。

「セザール、王女殿下の御前で、失礼よ」

「……元はと言えばお嬢様がぁ……」

しゃくりあげんな！　いい年の男にやられると引くわ！

「じゃあ、あっちの隅っこで泣いてなさい。いいわね？」

「……あい」

ぐずぐずと鼻の詰まった声で返事をしつつ、セザールは素直にホールの隅へ移動した。

いい年したイケメンの体育座り。レアな絵面だが、全くときめかん。

「楽団は居りませんが、趣味で楽器をやるという我が家の使用人たちが、呼んでも居ないのに集まっております」

ホールの隅には、思い思いの楽器を持った使用人が居る。リナリア様がそれを、やたらキラキラした目でご覧になっているのだが……。

「イェーー！」とか言いながら、思い思いに楽器鳴らすのやめて！　うるさいから！　モルゲン様もびっくりしてらっしゃるから！　……何だろう。本当に、会場が我が家で良かったのだろうか……。無理言ってでも、王城にしてもらった方が良かったのでは……。

とりあえずアンナ、そのトライアングル置こうか。使わないから。

「いち、に、さん、し、ご……でクルっと回ります」

リナリア様が動いて見せながら、マリーさんに丁寧に教えている。マリーさんにはバイブ機能をミュートにしてもらい、何とか頑張ってもらっている。

「お嬢はあっち参加しないんですか？」

なんとバイオリンが弾けたらしい我が家のパン職人ネイサンが、あっちと弓でリナリア様たちを指した。

「私は一応、動きは覚えてるから」

そう。動きは覚えている。先生からの謎の太鼓判が不安だが。

「じゃあお嬢様、踊ってみてくださいよー！」

トライアングルは禁止、と強く言い渡した為手ぶらのアンナが、セザールの腕を引っ張ってきた。

セザールはトーマスに借りたのであろうテイルコートを着ている。サイズが全くあっておらず、ぶかぶかで格好悪い。

「そんじゃ行きますよー」

言いつつ、弓で軽く床を叩き、リズムを取る。

セザールの手を取って、互いに礼。がっちり組むのではなく、互いに片手だけ取り合って、ステップを踏んでくるくる回るダンスだ。

私が足を出したところを、セザールの足がひょっと避ける。足を出す。避ける。出す。避ける……。

「……これ、何の演武？」

うっさいわ‼

「セザールだから避けてっけど、他の人だったら蹴り入ってるよな？」

「いや、お嬢様にしちゃすごくね⁉　何となくダンスに見えんじゃん！」

全員、「確かにー！」じゃねぇからな⁉　覚えとけよ⁉　あとアルフォンス！　お前もバイブ機能切っとけ！


身体を動かしっぱなしも疲れるので、一旦休憩だ。

たった数人で使用するには広すぎるホールの隅に、使用人たちによってお茶コーナーが作り出されていた。あの重たいテーブル、よく運んだな……。

席に着くと、侍女が紅茶とエルダーフラワーのコーディアルを用意してくれる。動いた後は、お茶より冷たい飲み物がいいやね。

「あの、リナリア様……、お疲れではありませんか……？」

リナリア様に慣れてきたらしいマリーさんが、恐る恐るという風に尋ねた。それにリナリア様はにっこりと微笑まれる。

「大丈夫です。むしろ、楽しんでますわ」

そう。楽しんでおられますよね？　何で？　あと、「会場を公爵邸にしてもらえる？」と指定されたのも、何でですかね？

「マリーさんは、その緊張さえとけたら大丈夫だと思いますよ。エリィは……」

私は？　ねえ、リナリア様、私は？

「居るだけで可愛いから、大丈夫よ」

ニコッじゃないですよ！　何も大丈夫じゃねぇだろ！　マリーさんも、何頷いてんの⁉

……ちょっとくらい、エリちゃんのダンスも褒めてよ。褒められたら伸びるかもしんないのに。

「ところでリナリア様、何故練習の会場を我が家に？　王城のお部屋をお借り出来た方が、（あの面白楽団じゃなくてちゃんとした）楽団も居ますし、（運動神経だけで選ばれた死神じゃなくて）パートナー役も幾らでも居ますのに……」

「実はマクナガン公爵家に興味があって」

いい笑顔で、訳わかんねぇ事言い出しましたね！

「お兄様のお話を聞いて、一度訪ねてみたいと思ってましたの」

それは……どのようなお話なんですかね……？

「お兄様がよく、『マクナガン公爵家は魔境だ』って仰るから、どのような場所なのかしら……って」

ぅおい、殿下ァ‼　どういう意味だァ！　何だ『魔境』って！　確かにちょっと普通と違うけど！　使用人とか、ちょっと（大分？　いやかなり？）おかしいけど！　兄はアレでナニで色々腐ったクソ虫だけども！

……いや、やめよう。挙げていくとキリがなさすぎて、マジでウチが魔境みたいだ……。おい、アンナ、「チーン♪」じゃねぇ。トライアングル、置けっつったろ！

「『魔境』って、何ですか？」

いや、怯えなくて大丈夫だから、マリーさん。

「わたくしもよく分からないのですけれど。お兄様がそう仰いますの。あといつも、公爵家からお帰りになられると、とてもお疲れのように見えますので……」

あぁ～……、それは申し訳ない。

「先日は、王家の諜報員である秘密部隊の隊員まで連れて行っていたようですので……。一体、何があるものかと」

……はい。お連れでしたね。

数日前、殿下が公爵家を電撃訪問なさった。

常にご予定がぎっしりな殿下は、訪問の際には必ず先触れを出してくださる。それがなかったので、我が家は大分慌てた。

あ、私は長期休暇中の里帰り中でしたよ。めっちゃビックリした。

日本の友達の家に遊びに来た、くらいの気軽さで「やあ」とかって現れた。何しに来たのか分からんまま、とりあえずおもてなししていたのだが、二十分ほど経過した時点で殿下の目的が分かった。

我が家の隠し祭壇を探しにいらしたのだ!!　しかも、国王から『梟』を二人も借りて!!　どんだけガチやねん！

殿下が「止められたなら、諦める」と仰った為、我が家の使用人たちが全員本気を出した。正真正銘ただの料理人のオッサンまで、レードル持って「来るなら来い！」とか言ってた。……アンタ、何も出来ないから、スープ作ってなよ……。

迎撃態勢バッチリの使用人の中でも、特にディーが酷かった。どうも特殊部隊の三つは、それぞれ相容れないらしい。同じ会社でも、部署同士で仲があんまり良くない……みたいな感じ。

あっちは本職で現職、こっちは全員『元』が付く。だが人数では上回る。地の利もある。

という訳で、私は殿下とお茶をしていただけだが、使用人たちは敷地内を縦横無尽に飛び回っていた。交わされるハンドサインを、殿下がじっと見ておられたのが怖かった。殿下、本気で覚えようとしてらっしゃいますね……？

二時間後、軍配はマクナガン公爵家に上がった。

ロープでガッチガチに拘束された『梟』の二人を、ディーが「はっ、ざまぁ！」と嘲笑っていたが、お前、後でなんかされんじゃねぇか？　殿下は非常に悔しそうなお顔で帰って行かれた。……ロープでぐるぐる巻きの『梟』を連れて。

しかしこんな話を馬鹿正直に出来ん！　あと、使用人ズ！「あったねー」だの「面白かったねー」だのうるさい！　お前ら何で平然と私語ぶっ叩いてんだ！

「楽しい方々ですね」

ほらぁ！　リナリア様に笑われたぞー！　パン職人、照れてんじゃねぇ！　誰も褒めてねぇからな！

「申し訳ございません。我が家は使用人に大分自由にさせていますもので」

「ふふ。大丈夫ですよ。……で、お兄様は一体、何がしたかったのですか？」

あ、その話、忘れてくれてなかったんですね。

「レオン様は、我が家のどこかにある、『ある物』をお探しになりたかったのだそうです」

「ある物……」

はい。内容はどうかご容赦を。殿下に致命的なダメージが入りますので。

「それが何か……は、詳しくは申せませんが、ご容赦ください」

「ええ、構いませんわ。マクナガン公爵家の、お家の事情ですし」

ゴフっと、アルフォンスが咳き込む音がした。

だからさぁ、その笑い上戸、何とかならんかね？　ほらぁ。リナリア様が「ノーマン様はどうされたのです？」とか言っちゃってんじゃん。

「いえ、何も。どうぞお気になさらず」

しれっと笑顔で答えるアルフォンス。いいツラの皮よな。

「お兄様は、その『ある物』を見つけられたのですか？」

「いえ。我が家の使用人が守り切りました」

だから！　「イェー！」じゃねんだよ！　ちょっと黙っとけ！

リナリア様は「まぁ」と驚いておられる。

「随分と、優秀なのですねぇ……」

感心したように「ほぅっ」と息を吐かれるリナリア様。とてもお美しいですが、今話していた内容がアレ過ぎて、ギャップがすごいです……。


その後は、男性も交えて、組んで踊る練習をした。

大分緊張がほぐれたらしいマリーさんは、何度かつかえたりしたものの、問題ないレベルまで上達していた。やればできる。そう、マリーさん16ｓならね。

リナリア様は流石の優雅さで、くるくる回る度、金の髪がふわっと舞って、めちゃくちゃに綺麗だった。マリーさんと二人で「ほえー……」て見てた。

私？　アルフォンスの足蹴ってたけど、何か？

違うのよ！　セザールがさ、避けるじゃん？　それで男性側のステップが変わってんじゃね？とか思ってさ。絶対避けなそうなアルフォンス相手なら、もうちょいダンスになんじゃね？　って思って……。

めっちゃ蹴ったね！　地味に痛いですね……て、悲痛な表情で言うな！

……いいもん。まだエリちゃんのデビューまで、二年あるもん。もっと練習するもん。

現在、お兄様とエリィは、スタインフォード学院へと通っておいでです。わたくしも通ってみたかったのですが、王族が二人も通うとなると警備の都合がつかないとの事で、わたくしは通うのはやめました。

代わりに、論文などを学院の講師の先生方が添削してくださいます。時折、王城にまで出張して講義を行ってくださいます。

これは兄とエリィが学院側にお願いしてくださったのだそうです。とてもありがたいお話です。

エリィは学院で、自然科学を専門に学んでいます。長期的な気候の予測が出来ないか……という研究をしているそうです。それは例えば、『今年の冬は降雪が多くなりそうだ』や『今年の春は気温が上がらなそうだ』などを事前に予測し、民にその備えを促すものだそうで……。

すごい事を考えるものです。明日のお天気すら、わたくしには知る術がありませんのに……。

そう言ったならエリィが、「簡単なところですと、『夕焼けは晴れの兆し、朝焼けは雨の兆し』……なんて言いますね」と教えてくれました。ただ美しいと思って眺めていた茜空に、そんな情報があったなんて。

エリィと居ると、未だ驚きの連続です。

お兄様も「エリィの研究が進んだなら、民の生活に大きな助けとなるだろうね」と、とても期待を寄せておいでです。

エリィと出会って以降、わたくしも国の為に何か出来ないだろうかと考えてきました。……いえ、正確に言うならば、それ程に立派な志ではありません。ただ単純に、わたくしの大好きなお兄様とエリィの為に、お二人を少しでも楽に出来るお手伝いが出来ないだろうか……という程度のものです。


考えて、わたくしは医療や福祉の拡充をお手伝いしたいと、それらに関して学んでいます。

エリィが学院で同期であるという方を紹介してくれました。エミリア・フォーサイスさんという平民の方ですが、医師を志す彼女は現場の実情などを詳しく教えてくれます。とても静かで穏やかな方で、そして聡明で志が高く、本当に素敵な方です。彼女に現場の現状をお聞きし、足りぬもので補えるものは何かを考えるのが、わたくしの役目です。

他にも、医療や福祉という項目において、国費を投入してでも完成させるべきは何か……を考え、それをお兄様に進言したりもしています。

お兄様に進言する前に、一度エリィに見てもらうのですが、わたくしでは見えなかった問題点などを見つけてくれるので、とても有難いです。


けれどわたくしには、一つ大きな問題がありました。

縁談です。

両親はわたくしと妹には、自身で相手を見つけて欲しいと思っているそうです。沢山の貴族のご子息とお会いしてきましたが、わたくしには決める事が出来ずにいました。

妹は既に、十歳の頃に婚約者を定めています。国内の侯爵家のご長男です。とても仲が良く、時折二人で王城の庭園を散歩している姿を見かけます。

……別に、羨ましくなんて思っていません。…………嘘を吐きました。羨ましいです。『縁談』という難題を解決済みである妹が、心の底から羨ましいです。

妹は政治や学問に興味が薄く、城から出たら一侯爵夫人として侯爵家の為に働くつもりでいます。恐らく、それがこの国の女性の多くの在り方でしょう。否定はいたしません。それはそれで、とても大切な社会の役割ですから。

けれどわたくしは、婚家の家内の差配よりも、『そこからでも国の為に出来る事』を為したいのです。

欲張りである事は分かっています。それを良しとしてくださるお相手や家が少ないであろう事も。ですので、最悪、降嫁などはせずに城に居座ってやろうかとも考えておりました。

ですが！　なんと、運命の出会いがあったのです‼

兄の側近を務めておられる、ロバート・アリスト公爵様です！

公爵様はお若くして公爵位を継いでおられ、ご容貌も整っておられる事から、若い未婚の女性に大変な人気のお方です。ですが、ご婚姻はなさっておられません。ご自身の婚姻などはお兄様の後で……と仰っているそうです。謙虚なお方です。

あの兄が側近として重用するのです。能力に関しては折紙付きです。

ある日、お兄様に新しい診療所の設備に関してご相談しようと執務室を伺いますと、公爵様とお兄様がお話をされていました。

「幸い我が家は、弟が家内や領地を取り仕切ってくれていますので。……妻が必要かと問われると、はっきり申し上げて不要なのです」

「ご令嬢方にもそう言ってやったらいい。……百年の恋も冷めよう」

「言って理解してくれるようなご令嬢には、きちんと話していますよ。一人だけ『それほどまでにエドアルド様の事をお想いなのですね……！』と恐ろしい勘違いをしてきたご令嬢がいましたが、それも訂正してあります」

「……すごいご令嬢が居るな……」

いえ、お兄様、それは違います。ご令嬢の間で有名な噂なのです。

公爵様があまりに縁談をお断りになられるのは、弟君（エドアルド様）との間を邪魔されるのを嫌ってなのでは、と。

ご令嬢の中には『お二人を応援し、見守る会』などというものもあるそうです。……わたくしには高度過ぎて理解できないお話でしたが。

「ああリーナ、すまないな、待たせた。今日はどうした？」

「先日ご相談いたしました診療所の設備に関しまして、もう一度お話を伺いたいと……。それよりあの、公爵様」

お声を掛けると、公爵様は手元の書類から目をあげられました。

とても男性らしく整った容貌のお方です。弟君はお母様に似られたようで、少々女性らしさのある美貌の方です。その弟君にも、決まったお相手がいません。それが噂に拍車をかけるのでしょうね。

「公爵様は、ご自身の伴侶に『妻』としての役割をお求めになられませんので？」

「一般的に『貴族の妻』として求められる要素は、特には必要としておりませんね」

きっぱりと。即答です。

「では、何をお求めになられます？」

「私の職務への理解を。国政に携わるという事の重みへの理解を。後はまあ……避けては通れない問題として、後嗣（こうし）を産んでもらえたらと」

な　ん　と　‼

衝撃が走りました。

一般的な『貴族の妻』としての役割を、出産くらいにしか求めておられない方がいらっしゃるとは！　しかもこれほどの高位の貴族に！

その瞬間、わたくしは頭の中で計算を始めました。

公爵様が伴侶に求める条件は、わたくしでも達成できます。お医者様にも身体の健康は太鼓判をおされています。子を為す事に問題はないでしょう。そして、家の事はしなくても良い。

公爵様は兄の側近で、兄が国王に即位されたら、国の要職となるのは決定しています。つまり、公爵様を通じて兄へ要望を届ける事が可能です。

「公爵様、突然の申し出で驚かれるでしょうが……、わたくしを伴侶に選んでいただけませんでしょうか？」

公爵様だけでなく、お兄様までもが驚いたお顔をされています。

……お兄様、本当に表情が豊かになられましたね。お小さい頃が嘘のようです。

「リーナ……？　どうした……？」

「今、公爵様のお話を伺いまして、この方がわたくしの運命の方だと思ったのです！　わたくしでしたら、国政に関わる責など承知です。公爵様の御力にもなれましょう。それに何より、わたくしは『貴族の妻』として家の中を取り仕切るよりも、この国をより良くする為に力を揮（ふる）いたいのです」

公爵様を見て、わたくしの思いを告げました。

公爵様は何かお考えのように、ご自身の口元に手をあて、軽く視線を俯けておられます。本当に、一つ一つの仕草が絵になる、綺麗なお方ですね。ご令嬢方に人気なのも頷けます。

「今取り組んでいる医療や福祉の改善は、一朝一夕では成りません。とても長い時間が必要なのです。そしてそれを国全体に行き渡らせるには、それなりの権力や地位も必要なのです。そう考えた時に、公爵様の妻という立場は、非常に魅力的なのです！」

「……リナリア殿下」

お顔を上げ、立ち上がられた公爵様に、わたくしは「はい」と答えました。

「私から、お願いいたします。……どうぞ私の妻となってもらえませんでしょうか？」

「喜んで‼」

なんという事でしょう！　あんなに悩んでいた問題が、これほど綺麗に片付くとは！

「殿下が取り組んでおられる改革は、私としましても是非完遂させたいものです。そのお手伝いもいたします。ですので殿下には、私がこれから抱えるであろう問題を、共に考えていただきたい。夫婦となれば、長い時間を共に過ごせます。願ってもないお話です」

「そうと決まりましたら、わたくし早速、これからにでも両陛下にお許しを戴いてまいりますわ！」

「よろしければ、私も共に。……リナリア殿下、これからもよろしくお願いいたします」

「わたくしたちは夫婦となるのでしょう？　どうぞリーナとお呼び下さいませ」

「はい、リーナ」

手を取り合うわたくしたちを、お兄様が遠い目をしてご覧になられていました。

……それは、どういう感情ですか？　わたくし、今とても幸せですのに。

「マクナガン公爵家は、楽しかったか？」

公爵家を辞し城へと戻った夕食の席で、兄がそう尋ねてきました。

「はい！　とっても楽しいお家でした。使用人も皆さま、楽しい方々ばかりですね」

「そうか……。良かったな……」

お兄様、また遠い目になられてますわよ？　お兄様にとってのマクナガン公爵家は、どういう場所なのですか？

エリィのお友達にダンスを教える、という名目でしたが、マリーさんは緊張しすぎて身体が固くなっているだけで、ダンス自体はお上手でした。ステップが少し怪しいところがありましたが、何度か教えるうちに完璧に覚えられたようです。当日までにもう少し緊張がほぐれたら良いのですけれど。

わたくしがマリーさんにダンスを教えている間、エリィがホールの隅で使用人相手に踊っているのが見えました。

何でも出来るように見えて、エリィは運動が苦手です。ダンスも得意でない……というより、苦手なようです。

エリィが足を出したところを、使用人が蹴られまいと足を引く。踏まれまいと下がる。そんな少し滑稽で、けれど可愛らしいダンスでした。マリーさんもそちらを見て「可愛い」と笑っておいででした。

そのダンスを使用人にからかわれ、ムスっとしてしまうエリィがまた可愛らしく、とても微笑ましい光景でした。

デビューの大舞踏会を数日後に控えた今日もまた、お兄様はエリィと二人でお茶の時間を楽しんでいらっしゃいます。

お二人とも、とてもにこにこと楽し気に微笑んでらして、わたくしまで嬉しくなってしまいます。

いつまでも、お二人が穏やかにお茶を楽しめるように、わたくしもお手伝いいたしますからね。

だからエリィ、お兄様をお願いしますね。

お兄様がいつまでも今のような、穏やかで優しい笑顔を浮かべていられるように。きっとそれは、エリィにしか出来ない事なのですから。

わたくしはわたくしの選んだ方と、わたくしが選んだ道を共に行きますから。

そして、大舞踏会当日。

一番初めのデビュタントたちによるダンスが終わるまで、他の人はホールへは降りられない。周辺に観客席のようなものが作られており、そこでデビュタントたちを見守るのだ。娘や息子の晴れ舞台を見る為に、沢山の貴族が居る。

その中の貴賓席に、こっそり混ぜてもらった。同じ席に、王太子殿下がお着きになっている。あとリナリア様もマリーさんを心配なさって見に来てくださった。そんなん知ったら、マリーさんのバイブ機能が働きだしそうだから、本人には言ってないけども。

入場の音楽が鳴り始め、大扉が開かれた。一人ずつ、名前が読み上げられる。

これは爵位の順なので、マリーさんは真ん中からちょっと過ぎたくらいだ。

「フローライト伯爵家、マリーベル様」

うわー！　呼ばれた！　何だろう、こっちが緊張する！

思わず両手をぎゅっと組み合わせたら、その手を殿下がそっと握ってくださった。

はわ〜……、ちょっと落ち着いたわ。殿下の癒し効果、すごいわ〜……。

真っ白なドレスに、ロンググローブ。そしてきっちりと結い上げた髪に、小さなティアラ。デビュタントの装いのマリーさんは、大扉の入り口で、すっと綺麗に礼をした。

マリーさん……‼　立派になって……‼

なんだろう。自分の子供の成人式見てるみたいだ……。ちょっと謎の感動がある……。

「マリーさんは、大丈夫そうですね」

リナリア様のお声も、ほっとしている。

デビュタントたちはまずは国王陛下と王妃陛下にお言葉を賜るため、ボールルームに整列するのだ。その列に並ぼうと歩いているマリーさんが……、……コケた。カクンと。見て分かるレベルで。

「あら……」

「マリーさん……」

「緊張しているのではないかな？　時折そういうご令嬢も居るからね」

殿下のフォローが優しい……。

何とか列に並んだマリーさんは、平伏しているというより俯いていた……。いや、忘れらんない思い出になったじゃん。良かったと思おうよ。

後日、学院のカフェテリアにて大泣きするマリーさんを、私とエミリアさんで慰めたのだった……。

最終話　行き当たりばったりで進んだ公爵令嬢の道の先は……

少年老い易く、学成り難し。

まったくその通りだぜ。昔の偉い人は、いい事言うぜ。

学院の三年間が、あっちゅー間に終わってしもうた……。エリちゃんの研究は終わりませんでした……。

いや、始めはね、実は結構軽ぅい気持ちだったのよ！　そういやこの国、ちゃんとした『天気予報』みたいなのがないな？　って。あれば便利なのになぁ、くらいの。

そんで学院で調べてみたら、今そういう研究してる人も居ないのよ。

えー!?　あったら便利じゃなーい!?　何で誰もやろうとしないのー!?

数年前に一人だけ、自然現象と気候の関係を研究している人が居た。その論文や研究内容も調べた。すんごい惜しかった‼　結構イイ線まで行ってた！

空の雲の分布から数時間後の天気を占うとか、直近百年の文献から猛暑や豪雪の記録を拾うとか、統計立てて傾向を探ろうと頑張った痕跡がいっぱいあった。

この研究者さん、今、どこで何してんだろ？　……と思ったら、学院で講師やってた。

先生！　この研究、引き継いでいいっすか!?　と突撃したら、「いいけど、物好きだねぇ」と笑われた。いやいや、物好きじゃなくて、これマジで国益になりますからね!?

始めは先生と私だけでシコシコ頑張っていたのだが、次第に仲間が増えた。というか、増やすためにプレゼンした。天気が読めるとどんなメリットがあるのかを。結果、農業科や工科からも手伝う人が出てくれて、一大プロジェクトに発展した。イェーイ‼

とはいえ、普段やるのは、お手製気圧計の数値を取って、空の様子を記録して……と地味である。

小学校の頃、何の為だったか忘れたが、百葉箱の中身の数値を記録する係をした事がある。あれを思い出した。……あれ、何の為にやってた係だったんだろ？

お天気衛星ブチ上げられたら早いのになぁ！　そんな技術力も知識もないけども！

またある日、研究に行き詰まって研究室の黒板の隅に落書きをした。

お天気と言えば、そう！　某テレビ局のお天気コーナーのマスコット（黄色いよく分からないアレ）だ！

見守っててくれィ。ワイも立派な気象予報士になっちゃるけん……！

そんな気持ちで描いたキャラクター（激烈うろ覚え）だったのだが、知らん内に研究室のマスコット化していた。誰が付けたか、名前が『天気ちゃん』となっていた。

天気ちゃんをマリーさんに見せたら、「梨の妖精ですか？」と言われてしまった……。色しか……、色しか合ってないやんけ……！　ちょっと自信あったのに……！

そして更に気付いたら、私の描いた天気ちゃんの隣に、学院の校章をキャラクター化した『スタイン先生』なるお友達が出来ていた。次に『フォード先生』も誕生した。

頭の中で「はいどうも、スタインでーす！」「フォードです」「二人合わせて『スタインフォード』です！　……あんなぁ、僕こないだファーストフード店行きましてん」と謎の漫才が始まった。

当然バックには某漫才頂上決戦の出囃子が鳴っていた。……って、もうえぇわ！　ありがとうございましたー。

更に農科の生徒による『ムギちゃん』、工科の生徒による『ノギスくん』など、天気ちゃんファミリーが謎の広がりを見せた。天気ちゃんファミリーは増え続け、彼らは私が卒業した今も研究室の黒板に残ったままだ。……そしてまだ増え続けている。怖い。

卒業はしたものの研究が全く終わらなかったので、在校生が引き継いでくれている。

彼らと情報交換をする為、月に一度は学院に顔を出す。……が、顔を出すたび「新しいファミリーが増えたんです！」から始まるのは何なのか。……いいけども、何なのか。

研究は、有志達が継いでくれている。私の方でも出来る事はやるつもりだ。

いずれ、専用の研究所なんかを建てられたらいいなーと思っている。卒業生を囲ってやるぜ！　優秀な頭脳を集めてやるぜ……！　フハハハハ……！

驚いたのは、卒業と同時にエミリアさんが主先輩とご婚姻なされた事だ。すんげービックリした‼

お付き合いしてたのは知ってたし、いつかそうなるんだろーなーとは思ってたけど、思ってた以上のスピード感にエミリアさんの本気を見た。

身内だけで小ぢんまりした式を挙げるので、良かったら参列してくださいと言われ、二つ返事で快諾した。

当日、お忍びだからそれっぽく！　とマリナにお願いしたら、自分でも「誰やねん」てくらい顔まで変えられた。いや違う、そうじゃない。そこまで本気じゃなくていい。誰だか分からんレベルのガチな変装など望んでない。何とか「エリちゃんがお忍びで来てます」というレベルにまで修正してもらった。

とても和やかで幸せなお式だった。……隣でギャン泣きするマリーさんさえいなければ。実際、その日はエミリアさんと二人でマリーさんを宥めて終わった。

……花嫁に介護させせんなや、ヒロイン。嬉し泣きなのは分かるけども！

エミリアさんに「次はエリザベス様の番ですね」と幸せ一杯の笑顔で言われた。

そだね。お式に招待はできないけど、良かったら見に来てね、と言ったら「勿論です！」と笑われた。

そして現在。

私と殿下の婚姻式まで、あと半年を切りました。

殿下のカウントダウンが「あと〇日だね」に変わりました。……その細かさが……、いえ、何でもありません、はい。

私たちのお式は当然、国の一大行事だ。招待する来賓の数も凄まじいし、その面子も凄まじい。

前日から王城では来賓への歓迎パーティが行われ、当日は式↓パレード↓王城でのパーティの三連コンボだ。翌日は流石に殿下と私には何の予定も入っていないが、城では国賓たちのお見送りなどが総出で行われる。

そして式から三日後、国民にもう一度お披露目がある。城のバルコニーから手を振る、アレだ。皇居の一般参賀みたいなアレ。

やっぱ一般人の御嫁入とは訳が違うわね。やる事、目白押し。

国内は既にお祭りムードが漂っている。王太子殿下のご成婚イヤーなので、それにあやかって今年婚姻する人が増えているそうだ。エミリアさんが言っていた。どうでもいいけど、エミリアさん妊娠早ない⁉

私たちの婚姻が済んだなら、リナリア様もお輿入れされる。アリスト公爵邸では既に準備万端バッチ来い状態らしい。

そしてそれが済むと次はなんと、我らがヒロイン・マリーさんも婚姻予定だ！　お相手は、殿下の側近のポール・ネルソン氏。

ポールさんもご実家が商家で、マリーさんと「金儲け万歳‼　効率よくガッポリ稼ごう‼」という非常に俗物的な部分で響き合ってのゴールインだ。マリーさん曰く「三男で婿入り可能、且つ商会経営の知識も技量もあって、お金は好きだけど不正はしない。これ以上の好物件、居ます⁉」との事だ。居ます⁉　と言われても困るが。マリーさんが『居ない』と思っているのだったら、それでいいじゃないか。

余談だが、二人を引き合わせたのはリナリア様だ。二人の商売に対する情熱が似ているなー……と思われていたらしい。

「絶対に、お似合いのお二人だと思ってました。上手くいきました」

と、ウフフ……と笑ってらした。……見合いババアかな？

……おかしい。私の周囲に『恋愛からの結婚』がエミリアさんしか居ない……。

リナリア様とロバート閣下は戦友みたいだし、マリーさんとポールさんは職場の同僚みたいなノリだ……。何かがおかしい……。

恋愛要素が少なすぎやしねぇか、私の周り。……私も含めてかもしれんが。

今日はドレスの最終的な仕上がりの確認だ。お式で着る純白のドレスと、その後のパーティで着るドレスと、一般参賀で着るドレスと……。全部が全部、触るのも怖いレベルの超高級品だ。全部に宝石とかあしらってあるし。

ひぇぇ～……と内心ビビりまくりながら試着し、全部ＯＫという事で仕立て屋さんたちは満足げに帰って行かれた。ドレスは当日まで、王城の奥で保管される。

十六歳ですよ。……身長、百五十六センチで止まっちゃった……。お母様の遺伝子、どうしたの⁉　もっと頑張れよ！　お父様だって百七十超えてるじゃん！

大丈夫だよ、エリィは可愛いよ、と殿下が慰めてくださるが、根性なしの遺伝子が憎い……！

お胸はささやかだし、おケツもささやかだしで、殿下ロリコン疑惑が未だ蔓延（はびこ）っている。

ゴメンなさい、殿下ぁぁ！　私の遺伝子が根性ないばっかりにィィ‼

なので今日試着したドレスも全て、『可愛い路線』ばかりだ。セクシーさとか、欲しい……。切実に……！

「お疲れさま、エリィ」

いつものお茶会だ。けれど場所は、殿下のお部屋。冬だからね。雪は少ないけど、寒いからね。

お部屋とはいえ、ドアは少しだけ開けられているし、室内にはエルザもマリナも居るし、ドアの外にはグレイ卿もアルフォンスも居る。

エルザがすっかり殿下付き侍女になっているが、まあ良かろう。相手は神なのだから、仕方ない。

「お待たせいたしました」

「大丈夫だよ」

殿下は私の手を取ると、ソファまでエスコートしてくれる。お部屋の応接セットのソファに、殿下と並んで座る。最近はずっとこんな感じだ。

「ドレスの出来はどうだった？」

「全部、私には勿体ないくらいのお品でした。お直しも必要なかったので、後は本番まで王城で保管されるそうです」

「そう。楽しみだね」

殿下、嬉しそうだなぁ。

この人ホント、表情豊かになったなぁ。初めて会った時、お人形みたいだったのに。不自然に張り付いた笑顔とか浮かべてたのに。

あれからもう、十一年も経ったのかぁ。……まだ夫婦にもなってないけど、既に長年連れ添った感があるな。何でだろ。

「エリィ？　どうかした？」

すぐ隣から、殿下がひょいっと私の顔を覗き込んで来る。相変わらず、近い。

「初めて会った時のことを、思い出していました」

「……そうか」

ふっと、殿下も懐かしそうに瞳を細められる。

まあ、うん。何て言うか、微妙な始まりだったよね。殿下が終始ビミョーなお顔されてたし。

「君には、驚かされるばかりだった」

懐かしそうに笑いながら言う殿下に、思わず苦笑してしまう。

「『ご令嬢とはこういうもの』という、私の下らない固定観念を見事に壊してくれた」

「何だか、申し訳ありません……」

殿下にも、他のご令嬢方にも。

「謝らなくていい。私は、そういうエリィだから、大切にしたいと思ったんだ」

護衛の配置見て、スナイプの為の芋れる場所探す系令嬢だから？

「君はいつも、私では想像もつかないような事を言う。考えた事もないような事をする。……それに私はいつも、目を醒まされる思いで居る」

あー……、それも一種の『知識チート』ですけどね。……でも、そのチートも含めて、『私』かな？

「レオン様、ありがとうございます」

礼を言った私に、殿下は少し不思議そうな顔をする。

でも、言っておきたいなと思ったんだ。殿下と夫婦になる前に。

「私を、ここまで連れてきてくれて」

婚約の話を聞いた時は、『すわ悪役令嬢転生か⁉』と考えた。その場合の付き物である、婚約破棄からのざまぁなども。けれど殿下は、全くそんな心配すらさせないくらい、私を大切にしてくれた。実際、乙ゲー展開はあった（ような気もする？）けれど、始まる前に終わっていたし。

そして現在、殿下曰く『あと百三十日後』には夫婦となる。

「昔、お約束しましたね。共に道を拓き、共に歩もう……と」

「ああ」

即答で頷いてくれる。

「今も、そう思ってくださいますか？」

尋ねると、それはもう蕩けるような笑みを浮かべた。

「当然だ。忘れた事などない。それに……」

殿下は言葉を切ると、私の手を取った。あの日のように、私の手をそっとご自身の両手で包む。

「あの日、君が差し出してくれた手だ。絶対に、放したりしない」

『絶対に』に異様に力が入っていて、ちょっと怖いが……。

「私も言いましたよね。『殿下がお望みである限り』と」

殿下は私の手の甲に軽く口づけると、僅かに楽し気な口調で言った。

「ならば安心だ。これからもずっと、私の隣に居てくれ」

「はい。レオン様がお望みである限り」

「ああ。……君は、私に何を望む？」

殿下に望む事？　何だか畏れ多くて、あんまり考えた事ないな……。殿下であれば、他者に言われずとも良き統治者におなりだろうし。不摂生なんかもしない人だし、研鑽も怠らないし……。

しかし、『特にない』ってのも、味気ないというか、殿下カワイソウというか……。

望み、かぁ……。殿下は十分にお優しいし、こちらに気を遣ってもくれるし。私が何かしたとしても、笑っててくれるし。

うー……ん。あ、そうだ。

「出来るだけ、長生きしてください」

「長生き……？」

予想外の事を言われた、という風に、殿下がきょとんとしておられる。

でも、殿下に敢えて望む事なんて、これくらいだ。

「はい。長生きです」

殿下はとても責任感のお強い方だ。そしてこれから背負っていかねばならないものは、途轍もなく重たいものだ。その重圧に潰れてしまわぬように。責任の重さに、擦り切れてしまわぬように。

「私が隣でお支えします。……ですので、一日でも長く共に居られるように、長生きしてくださいね」

いつか王位を継ぎ、そしてそれを次代へ託し終える、その日まで。

「ずっとずーっと先のお話ですけれど……、レオン様が即位なさって、そして退位なさった後は、二人で旅行へ行きませんか？」

「……いいね。楽しそうだ」

殿下の頭が、私の肩にこてんと乗せられた。

「公務ではなく、ただ行きたい場所へ行って、食べたい物を食べて、見たい物を見て……」

「うん……」

「ですので、それまで、お元気に長生きをお願いします」

「うん……」

きっと、殿下と二人なら、楽しいと思うんだ。

ずっとずーっと未来の話だけど。私たちに子供が出来て、その子が王位を継ぐに相応しくなってからの話だけど。

いつも『国の為』と『民の為』が頭にある殿下だけど、それを一番に考えなくても良くなってから。ただ、『自分の為』に何かして欲しいって思う。

「その為には……、良い王とならねばならないね」

「レオン様でしたら、大丈夫です。私も居ます。リナリア様も居ます。側近の皆様も居ます。皆で、レオン様をお支えします」

皆が、殿下を支えようと、それぞれの為すべき事を頑張っている。きっと大丈夫だ。殿下はこんなに愛されているんだから。

昔、何かで見た覚えがある。『恋は落ちるもの。愛は育てるもの』という言葉。私は殿下に対して、恋に落ちたりはしなかったけれど、この十一年で愛も情も育っている。多分この世界で、私を一番大切にしてくれているのが殿下だと、私はちゃんと知っている。そんな殿下だから、私は共に生きたいと思うんだ。

殿下と『長年連れ添った感』があるのは、『夫婦』という形があってもなくても、きっと私と殿下の関係は変わらないからだろう。殿下がそこに居て。私がその隣に居て。……うん。素敵な事じゃないか。

「エリィ……」

「はい？」

殿下の声が、僅かに掠れている。どしたの、殿下？　なんか泣きそう？

「ありがとう」

何が？　お礼言われる事、別にないけどな。

そう思っていたら、殿下にいきなりぎゅっと抱きしめられた。

視界の端に、マリナとエルザがすすす―……と部屋から出ていくのが映った。スマヌ、出来た侍女たちよ。足音の殺し方も完璧だよ。

「レオン様？　どうなさいました？」

ぎゅうぎゅうと私を抱きしめる殿下の背を、ぽんぽんと宥める様に叩く。その背の広さに、年月を感じる。

ちょっと線の細い美少年だったのにね。今はもう、立派な青年だ。

「私を選んでくれて、ありがとう。……生まれてきてくれて、ありがとう」

生まれてきてくれて……って。

何て事言うんだ、もう！　エリちゃん、泣いちゃうじゃないか！

何で前世の記憶アリで、全然地球と違う世界に生まれたのか、とか。記憶があるのは、何か役割でもあるからじゃないのか、とか。私はこの世界においては異分子なんじゃないのか、とか……。

色々、考えたんだぞ！

なのに。

そんな事、言われたら……。

「きっと……、私は、レオン様に会う為に、生まれてきたんだと思います」

いかん。涙出てきた。

「その為に、ここに居るんだと、思います……」

この『異世界』に。

貴方を支える為に。貴方の隣に居る為に。貴方を愛する為に。全部全部、殿下の為に。殿下が背負う重荷を、少しでも軽くする為に。その為の私で、その為の記憶。

そう考えると、何だかとても幸せだ。

「……私の、為？」

抱きしめていた腕を緩め、私の額に自分の額をコツンとくっつけながら、殿下が言う。

殿下の目が、少し潤んでおられる。殿下でも泣いたりするんですね。

「はい。きっと。……私は、そう考える事にしました」

「それは、嬉しいな」

ふふっと、殿下が小さく笑った。

殿下は涙が残っている私の目元にキスすると、そのまま私の唇に自分の唇を重ねた。

……十一年目にして、ファーストキス。殿下、よく耐えましたね……。しかしこれ以上はダメですよ。あと百三十日、耐えて下さいね。何かうっすら寝室の方を気にしてる気配しますけど、駄目ですからね⁉

（前略）

レオナルド一世王とエリザベス妃の間には、二人の王子と二人の王女が居た。第一王子は後の「改革王」セドリックである。

（中略）

賢王と名高いレオナルド一世王の治世は「王国の春」とも呼ばれる。それは、常に植物が芽吹くかのように新たな技術が誕生し、国をより豊かなものにした事と、春の穏やかな気候に掛けての呼び名とされている。

実際、レオナルド一世王の治世に他国との戦争などはなく、周辺国との関係も良好であった。

この事から、レオナルド一世王を「萌芽王」と称するものもある。

妃となったエリザベスは、同国内のマクナガン公爵家の出自で、王と並び賢妃として知られている。

妃の主な功績としては、現在の気象予報学の礎となる「天気予報」の概形を作り、それを更に発展させる為、生家であるマクナガン公爵家の出資により、マクナガン気象台を設置した。気象台は現在も使われており、建物は有形文化財に指定されている。

（中略）

エリザベス妃についての逸話は多く、その多くが非常にユニークなものであるのが特徴だ。

レオナルド一世王の婚約者時代、エリザベス妃が彼を神のように崇めていたとする文章が、マクナガン家に残っている。それによると、マクナガン公爵家に居た全員が同様であったらしく、文章に従って調べたところ、壁に隠し扉があり、その奥からレオナルド一世王を祀っていたと考えられる祭壇のようなものが見つかっている。

そこに掲げられた肖像画は、現存するレオナルド一世王の即位時の肖像画よりも幾分年若く見え、恐らく婚約者であった頃に描かれたものであると推測される。

祭壇にはドライフラワーとなったブーケが置かれており、リボンなどの装飾から、妃が挙式の後に民衆に向けて投げたウェディング・ブーケである事が分かっている。

だが、何故彼らがレオナルド一世王をそこまで神格化していたのかは、未だ分かっていない。

エリザベス妃は菓子作りを趣味としていたらしく、妃が考案し作成したとされる「エリィケーキ」は現在も名物菓子として広く知られている。

ケーキと名はつくが、実際は厚みのあるハードビスケットに近く、バターの風味と僅かな塩味のある焼き菓子である。それにクリームやジャムを添えて食べるのが一般的だ。

硬く焼しめてあり日持ちもする事から、現在でも災害用の非常食料や、軍の携行食としても用いられている。

レオナルド一世はこれを好んで食していたという記録があるが、息子であるセドリックの残した手記には「母の菓子はどこかおかしい」と幾分嫌がっているようにも見える記述がある。

妃はまた、スタインフォード王立学院（現・国立学院）に在籍していた際の同期生エミリア・

キャリーと、レオナルド一世の妹であるリナリリア・アリストと共に、地域医療の振興にも尽力した事で知られている。

現存するベルクレイン医科大学の設立者に、三人揃って名前が残っている。

エミリア・キャリーは後年、国を悩ませていたジガレ熱の疫学的観点からの撲滅に成功し、それに伴う受勲の際、エリザベス妃に対する感謝を述べている。


（中略）


レオナルド一世は五十二歳で退位した後、王城に留まらず、離宮へと居を移した。エリザベス妃もそれに従った。

彼らが離宮へ移るに当たり、相当な人数の城の使用人たちが、自ら離宮への転職を希望したと言われている。

しかし彼らが伴ったのは二人の侍女と、二人の騎士だけだったと城の記録にある。侍女の名はエルザ・クロウウェルとマリナ（姓不詳）、騎士の名はノエル・グレイとアルフォンス・ノーマンとある。

レオナルド一世とエリザベス妃は旅行好きでも知られ、退位後は二人で世界中を旅してまわった。

異国で見つけた興味深いものなどを逐一書簡でセドリック王に報せ、セドリック王はそれを元に国を更に豊かなものとした。

そのセドリック王の手記に「父と母はふらりと辺境に現れては、あれが足りない、これはどうなっているると言ってくる。親というのは口煩いが、有難いものだ」とある。


（中略）


レオナルド一世は八十歳で永眠した。この時代にあっては驚異的な長命であろう。離宮の医師の記録を見る限り、死因は老衰であったと考えられている。

彼の最期を見届け、エリザベス妃も同年七十六歳で世を去った。フォルン蝶のように仲が良いと評判だった夫妻らしいエピソードである。

彼らは現在、代々の王族同様、聖セレフォード教会の墓地に眠っている。仲の良い二人を引き離す事のないようにというセドリック王の命により、棺は同じ霊廟に収められている。

その霊廟の前には、現在も花が絶える事はない。


「レオナルド一世と、その妻エリザベス」より抜粋

番外1　幸せの意味を知る、王太子殿下。

君は気付いているかな？

私とエリィの婚姻式まで、あと半年を切った。式は五月だ。現在は一月。あと四か月か……。いや、大丈夫だ。待てない事はない。今まできちんと節度を守った交際をしてきたのだ。あと四か月くらい、耐えられる。

エリィは今日は、式やその後の行事で着る予定のドレスの確認をしている。

流石に期日が迫ってきているので、確認する事が多くて互いに大変だ。私は今日は当日の警備体制のチェックをしてきた。現在時刻は午後五時。今日の業務は終了だ。

庭園にうっすらとだが、雪が積もっている。流石にこの季節に庭でお茶は無理だ。なので私の部屋にお茶の支度をしてもらい、エリィがやって来るのを待った。

……侍従長、何故扉の陰からこちらを見ているのだ？　私の自室としたのは、寒いからだし、エリィが風邪などひいたらいけないからだと説明しただろう？　まさか信用していないのか？

何か一言でも言ってやろうかな……などと考えていると、エリィがやって来た。少しだけ、表情に疲れが見える。ドレスを何着も、そして何度も着たり脱いだりで、気疲れしたかな？

「お疲れさま、エリィ」

そう声を掛けると、エリィがこちらを見て微笑んだ。

「お待たせいたしました」

軽く会釈をしながら言うエリィの顔は、先ほどまでの疲れが見当たらない。

気付いている？　エリィ。君はいつも私を見つけると、嬉しそうに、安心したように笑うんだ。

君は自分で気付いているのかな？

エリィをソファへとエスコートし、私の隣に座らせる。……これくらい、いいだろう。隣り合って座っているだけだ。それ以上、何もないのだから。

「ドレスの出来はどうだった？」

「全部、私には勿体ないくらいのお品でした。お直しも必要なかったので、後は本番まで王城で保管されるそうです」

「そう。楽しみだね」

勿体ない事なんてない。ドレスのデザインには、私からも大分注文を付けた。……エリィが「お任せします」と言って何もしないのだから、私が注文を付けてもいいだろう。

一生に一度なのだ。エリィが一番美しく、可愛らしく、素敵に見えるようなものでなければ！

私の衣装は王族の礼装なので、特に準備などはいらない。普段の式典の時などより、多少豪華になる程度だ。そんなもの、城の針子や侍従たちでぱぱっと何とかしておいてくれたら充分だ。

ああ、それにしても楽しみだ。婚礼の衣装を着けたエリィは、きっと可愛らしいだろう。

何故王族の婚姻というのは、あれ程の人を集めて行うのだろう。エリィの可愛い姿など、私だけが知っていればいいというのに。

ああ、でも、民も期待しているか。これほどに愛らしい女性が王太子妃となるのだから、民は皆喜んでくれるだろう。

そんな事を考えていたが、ふとエリィを見ると微笑んでいた。何だか少しだけ目を眇め、遠くを見るように。

「エリィ？　どうかした？」

気になってしまい、エリィの顔を覗き込むように見た。至近距離でも、変わらず可愛い。

以前はこうすると私を避けるようにのけ反っていたのだが、最近は慣れたのか全く動じない。可愛い。

「初めて会った時のことを、思い出していました」

やはり懐かしそうな笑顔で、静かな声でエリィが言う。

「……そうか」

そう言われると、私も思い出してしまう。大庭園のテーブルセットに、ちょこんと座っていた小さな女の子。

あれからもう、十一年だ。あのご令嬢は何なのだろうと、不思議に思ったものだったな。

「君には、驚かされるばかりだった」

君は苦笑いを浮かべるけれど、悪い意味ではないよ。

「『ご令嬢とはこういうもの』という、私の下らない固定観念を見事に壊してくれた」

そう。

女の子は花が好き。流行のドレスが好き。宝石などのキラキラした物が好き。そして下らないお喋りが大好き。

そんな風に思っていた私を、見事に打ちのめしてくれた。

「何だか、申し訳ありません……」

「謝らなくていい。私は、そういうエリィだから、大切にしたいと思ったんだ」

そう。何も謝る必要はない。

恐らく、私の固定観念通りの少女だったなら、私は気にも留めなかった。ただ婚姻を結ぶ相手としての条件は最適だから、義務的には大切にするだろうけれど。

けれど君は、そうではなかった。

「君はいつも、私では想像もつかないような事を言う。考えた事もないような事をする。……それに私はいつも、目を醒まされる思いで居る」

正確に言葉を飾らず言うなら、衝撃が強すぎて『頭をぶん殴られる思い』だけれど。それは君には言わないでおこう。

曇っていたり、視野が狭くなっていたりする私に、君はいつもとんでもない方向から攻撃をしかけてくれる。それにいつも、何かを気付かされる。そうしてやっと目を醒ます私に、君はそれでも笑ってくれるんだ。

「レオン様、ありがとうございます」

突然言われ、僅かに驚いてエリィを見た。

エリィはとても静かに微笑んでいたエリィを見た。彼女は基本的に、大人びた少女だ。それは幼い頃からそうだった。けれど、言動の端々に、年相応の幼さはあった。

けれど、この表情(かお)は。年齢を重ねた女性のような、とても静かな、深い愛情を含んだような、落ち着いた笑み。

その、笑顔で。

「私を、ここまで連れてきてくれて」

なんて、言うから……。

彼女の言う『ここ』が、正確にどこを指しているのかは分からない。けれど私たちは、この十一年間ずっと、常に共に歩んできた。君の言う『ここ』とは、今私たちが立っている場所の事で、いいのだろうか。

「昔、お約束しましたね。共に道を拓き、共に歩もう……と」

「ああ」

うん。約束したね。

ならばやはり、君の言う『ここ』は、あと百三十日で王太子妃となり、更に後には王妃となる『ここ』の事か。

幼い私の精一杯の言葉を、君は静かに受け入れて、手を取ってくれた。あの日から。確かに、随分と遠くまで来たような気がするね。

「今も、そう思ってくださいますか？」

そんな事を言われたら、笑ってしまう。しかもそんな、少し不安げな瞳で。

あの日と正反対だ。きっと君にそう告げたあの日、私はそんな目をしていただろうね。

「当然だ。忘れた事などない。それに……」

エリィの小さな手をそっと取る。

あの日、私の差し出した手に重ねられた手より、幾分大きくなった。君の手より少し大きかっただけの私の手は、今では君の手を片手で包めるほどになった。

けれど今は、あの日のように。

エリィの手を、そっと両手で包むように握った。

「あの日君が差し出してくれた手だ。絶対に、放したりしない」

……絶対に、に力が入ってしまった。いや、仕方ない。心からそう思っているのだから、仕方ない。

「私も言いましたよね。『殿下がお望みである限り』と」

そう。私が望むなら、君はここに居てくれると約束してくれた。

「ならば安心だ。これからもずっと、私の隣に居てくれ」

「はい。レオン様がお望みである限り」

「ああ。……君は、私に何を望む？」

私の望みは、この先の道を、君と共に歩む事。けれど、君は？

今まで、尋ねた事がなかったけれど。ほんの少しだけ怖くて、訊く事が出来なかったけれど。私が、王族が望み、君を『王太子の婚約者』とした。君はそれを、笑顔で受け入れてくれた。

けれど、君の本心は？　君自身の望みは？

私に叶えられる事なら、何だって叶えてあげるから。

何か考えているようなエリィをじっと見ていると、エリィが「思い付いた」というように顔を上げた。

「出来るだけ、長生きしてください」

長生き……？　それが、君の望む事？

「はい。長生きです」

エリィが笑顔で頷く。

まあ、エリィがそう言うなら、頑張ってみるけれども……。それにしても、長生きとは？

そう疑問に思っていたが、エリィの次の言葉に目を瞠（みは）ってしまった。

「私が隣でお支えします。……ですので、一日でも長く共に居られるように、長生きしてください」

共に。一日でも長く。

ああもう、本当に、エリィは……。

「ずっとずーっと先のお話ですけれど……、レオン様が即位なさって、そして退位なさった後は、二人で旅行へ行きませんか？」

楽し気に、僅かに弾んだ声で。そして、夢を見るような笑顔で。

「……いいね。楽しそうだ」

声が、震えてしまいそうになる。それを誤魔化そうと、すぐ隣に居るエリィの肩に、頭をもたせかけた。

「公務ではなく、ただ行きたい場所へ行って、食べたい物を食べて、見たい物を見て……」

「うん……」

「ですので、それまで、お元気に長生きをお願いします」

「うん……」

ああ、それはきっと、楽しいだろうね。君と一緒なら、何だって楽しいんだから。君が居てくれるなら、それだけで嬉しいんだから。

「その為には……、良い王とならねばならないね」

ずっと未来の話だ。私が即位するのすら、まだ当分先なのに。更にその先の、退位した後の話だ。退位後、のんびりと余生を暮らすには、治世を良いものにせねばならない。

「レオン様でしたら、大丈夫です。私も居ます。リナリア様も居ます。側近の皆様も居ます。皆で、レオン様をお支えします」

そうやって君はいつも、『私なら大丈夫だ』と言ってくれる。君のその無上の信頼に応える為に、私はいつも必死なんだよ？

全く……。

君が本当は、この婚姻を望んでいなかったなら、どうしようかなんて。そんな事をちらとでも考えた私が、馬鹿みたいだ。君は私には思いもよらない、遠い遠い未来まで見ていてくれるのに。

また、頭を殴られたような思いだよ。

そんなに楽し気に弾んだ声で、夢を見ているような優しい笑みで、数十年後の未来を語るなんて。

君が、その未来を望んでいると、そう思っていいんだよね？　その時が来ても、ずっと、ここに居てくれるのだと……。

「エリィ……」

「はい？」

ああ、情けないな。声が掠れてしまった。

どうか、気付かないでくれ。少しくらい、私にもいい格好をさせてくれ。いつも君ばかり格好良くて、狡いじゃないか。

「ありがとう」

君に言える言葉が、これしか思いつかない。

泣いてしまいそうなのを隠す為に、エリィを強く抱きしめた。小さなエリィは、こうしてしまえば私の顔を見る事が出来ない。

「レオン様？　どうなさいました？」

不思議そうに言いながら、私の背をぽんぽんとあやすように叩く。その手のリズムが、やたらと心地よい。

「私を選んでくれて、ありがとう」

背を叩いていたエリィの手が、止まった。

選んでくれて、ありがとう。

あの日、手を取ってくれて、ありがとう。

共にここまで来てくれて、そして、これからも共に歩むと約束してくれて、ありがとう。

「生まれてきてくれて、ありがとう」

この世界に、私の隣に、君が居てくれて嬉しい。たまたま選んだ相手が君だった事が、何より嬉しい。君が私との未来を思い描いていてくれる事が、泣きたくなるくらいに嬉しい。

「きっと……」

エリィの小さな声が、震えている。

「私は、レオン様に会う為に、生まれてきたんだと思います」

何を……？

「その為に、ここに居るんだと、思います……」

「……私の、為？」

ああ、もしもそうなら。それはとても、幸せな事だね。

感情のない人形のようだった私を、人間にしてくれた君が。私の為に、ここに居るのだとしたら。

「はい。きっと。……私は、そう考える事にしました」

泣き笑いのエリィの額に、自分の額をコツっと合わせた。

「それは、嬉しいな」

笑った私に、エリィも小さく笑っていた。

百三十日後は、素晴らしい快晴だった。

「あと何日ですか？」

準備の前、エリィが私の顔を見るなりそう言ってきた。私がずっと、エリィに「式まであと○日だね」と言ってきたからだろう。

「ゼロだよ。支度をしておいで、私の花嫁」

言って、エリィの頬にキスをすると、エリィが楽しげに笑った。

「はい。行ってまいります」


式を済ませ、教会から王城までパレードをし、その後は城で国賓を招いての披露宴だ。

……パレードの道中に、マクナガン公爵家の使用人がちらほら点在していた。全員がエリィに向かって何かハンドサインをしていたようだが、見逃してしまった。エリィも民衆に手を振るふりをして、ハンドサインを返していたようだ……。

あの家は、どこまでも我が道を行っているな。

披露宴も終え、自室へ戻り、入浴を済ます。

隣国のロリコン王は、何故人の花嫁にまでちょっかいをかけてくるのだ。外交上呼ばねばならない相手とはいえ、本当にあの王は何とかならんのか。それらの相手は、流石に疲れた。

湯に浸かっていると寝てしまいそうだったので、早々に上がる事にした。用意されていた夜着を身に着け、ガウンを羽織って浴室を出た。

自室のテーブルの上に、何か乗っている。近寄ってみると、一本の鍵だった。鍵の下には、メッセージカードがある。

『居間の王太子妃殿下側の扉の鍵でございます。ご成婚、心よりお慶び申し上げます。』と、侍従長の文字で書かれている。

勝った！　と思ってしまった。

いや、別に向こうは勝負している気などないだろうが。それでも何だか、言いようのない達成感がある。

という事は、あの何個あるかすら分からない留め具も、全て外されたのだな。

勝った……‼

いや、まあ、それはいい。とりあえず、隣の部屋へ行ってみよう。

昨日までは私一人で使っていた部屋だ。私にとっては見慣れた部屋の筈なのに、落ち着かない。

とりあえず、ソファにでも座っていようかな。

ソファに座り、思わずエリィの部屋側の扉をじっと見てしまう。あれが本当に開くのか。……何をしても、ノブすらびくともしなかった、あの扉が。

いかん。落ち着かん。

どうしようか。何か飲む物でも貰うか？　いや、手持ち無沙汰なのが悪いのかもしれん。何か本でも持ってくるか……。そんな事を考えていると、控えめにそーっと扉が開いた。

本当に開いた！　……侍従長のおかげで、謎の感動がある。何だこれは。

そろっと開けられた扉の隙間から、エリィがこちらを窺うように顔だけ出している。

「エリィ？　どうかした？」

「……本当に、入っても大丈夫なんですよね……？」

「大丈夫だから、鍵が開いているんだよ」

侍従長直々のメッセージも貰ったしね。

中々こちらへ入ってこようとしないエリィの元へ行き、手を引いてソファへ促す。エリィはここへ入るのが初めてなので、珍しそうに辺りを見回し「ほへぇ～……」などと呟いている。

私はあまり部屋を飾るという意識がないので、この部屋も自室も少し殺風景だ。眺めても面白くもないだろう。

「今日から、エリィの部屋でもあるんだ。君の好きなように飾ってくれても構わないよ」

あまり豪奢な装飾は好まないが、エリィがそんなものを飾る訳がない。

「飾る……と言われましても……」

うん。君の部屋も、私といい勝負の殺風景さだからね。困るかもしれないね。

エリィは暫く何か考えていたが、やがてはっとしたように顔を上げ、笑顔で私を見た。

「では、剣と盾などいかがでしょう⁉」

剣と盾⁉　どうしてそうなった⁉

「あのマントルピースの上あたりにバーンと！」

バーンと、じゃない！　そんなのまるで、騎士団の営舎じゃないか！

「……出来たら、飾るのはもっと穏やかなものがいいかな」

そう言った私は、きっと悪くない。

「ならば定番は世界地図……」

どこの世界の定番かな⁉　軍部の作戦本部かな⁉

「……いや、普通の『美術品』なんかの類で我慢してくれ……」

……私は、悪くないよな……？

「でしたら、レオン様の肖像画を……」

「それだけは本当に止めてくれ！」

何故、自分の肖像画などを眺めて暮らさねばならんのだ！　しかも、どうせ私が居ない間に拝むのだろう⁉

残念です……とガッカリしているが、それだけは譲れない。

何も絶対に何かを飾れと言っている訳ではないからね、とエリィに釘を刺しておいた。そうでもしないと、あのマントルピースの上の空白が何で埋められるのか分かったものではない。執務から戻って来て、あそこに自分の肖像画が掛かっていたらどうしよう……。自分の中の何かが折れる気がする……。

少々疲弊するやりとりの後、今日一日を互いに労い合い、エリィを寝室へと伴った。

……壁の空白をじっと見るのはやめてくれ。剣と盾も、世界地図も、私の肖像画も必要ないからね⁉

昨日まで一人で使っていた大きな寝台に、エリィと二人で上がる。

向かい合うように座ったエリィが、少しだけ恥ずかしそうに笑った。

「……これから、これが日常になるんですね」

「そうだね」

『これ』が。

一日の始まりと終わりを、二人で過ごす事が。

「レオン様」

エリィはこちらを見て、深々と頭を下げてきた。

「末永く、宜しくお願いいたします」

「こちらこそ」

顔を上げて微笑んだエリィに、私はそっと口付けた。

翌日。

ぼんやりと目を覚ますと、すぐ目の前にエリィの寝顔があった。

ふわふわの髪が頬にかかって、くすぐったくはないのだろうか。そっと手を伸ばし、エリィの頬にかかる髪を梳くように後ろへ流す。その僅かな刺激に、エリィの瞼がぴくりと動いた。

ああ……、起こしてしまったかな。もう少し、眺めていたかったな。

エリィはゆっくりと瞼を開けると、私を見て微笑んだ。まだ微睡んでいるような、ふにゃっと柔らかい笑顔だ。

「れおんさま……？」

「うん。……もう少し、眠るといい」

どうせ今日は、私たちには何の仕事もない。使用人たちも、こちらが呼ぶまでは入ってこない。それに……、昨夜は少し、無理をさせたような気もする……。

いや、仕方ないだろう！　何年我慢したと思ってるんだ。それもこれも、エリィが可愛いからだ。

「れおんさまも、ねますぅ……？」

寝惚けている。可愛い。

「うん。そうしようかな」

「ふふ……。おやすみなさい……」

「うん。ゆっくりお休み」

額にキスをすると、エリィはもう一度「ふふ」と笑って、そのまま寝息を立て始めた。幸せそうな寝顔を暫く眺め、私も目を閉じた。何だか胸が一杯で、眠れそうにないけれど。

幸せってきっと、こういう事なのだろうね。

君が隣に居てくれて、笑ってくれている。


気付いているかな、エリィ。

君がいつも、『レオン様なら大丈夫です』と言ってくれるから、私はそれに応える者でありたいと思っている事。

私を見つけると、嬉しそうに、安心したように微笑む事。

そして私が、いつまでもエリィにそういう顔で笑っていて欲しいと思っている事。

いつか君が以前言ってくれたように、遠い遠い未来、二人で旅行にでも行ったなら。

その時にでも、訊いてみよう。


気付いていた？　と。

エピローグ、或いはプロローグ　ある女性会社員の夢

私には夢があった。

その夢が、今日叶った。

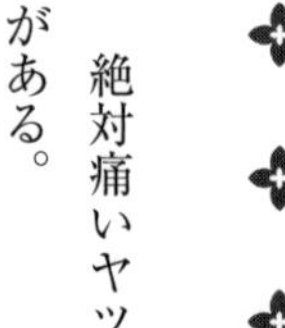

絶対痛いヤツ扱いされるから誰にも言ったことはないが、私には所謂『前世の記憶』というものがある。

これだけで痛い。相当痛い。激痛が走るレベルだ。

しかも私の前世の記憶は、『地球ではないどこか』だ。そう。『異世界』だ。厨二とか飛び越えて、一気にヤバいヤツだ。

けれどあの世界には、魔法もなければ、ドラゴンも居なかった。とても地球に似た世界だ。……ファンタジー要素が少ないから、痛さが軽減されないだろうか。ムリか……。

そんな世界だったので、幼い頃は、地球の十九世紀とか、それくらいかな？　と思っていた。調べても調べても、記憶の中の地名が存在せず、ちょっと「うわぁ……」となった。ていうか、図書館で口に出して「うわぁ」て言っちゃった。……恥ずかしかった。

服装や文化の雰囲気からして、十九世紀くらい。魔法なんかのマジカル要素ナシ。で、王様が居て、貴族が居た。そんな異世界。

夢があるんだか、ないんだか。

その異世界の覚えている事を、子供の頃からノートに書き溜めてきた。今でも時折ふっと、「そういえばこんな事あったな」と新しい事を思い出したりする。

何か思い出すたびに、ノートに書いた。そのノートは、既に十冊を軽く超える。……絶対に人に見せられないノートだ。私が死んだら、これも世に晒されるんだろうか……。ＰＣとスマホの履歴より見られたくない……。ある意味、命より大事なノートだ。これを処分し終えない内は、絶対に死ねない。

そんな『異世界物語設定集』のようなノートを眺めていたある日、思い付いたのだ。

これ、マジで『お話』にしちゃえばいいんじゃない⁉　すっごい！　私、天才かもしんない！

これを元ネタにして、私の好きだった人たちをいっぱい出して、何か幸せなお話つくってみたら面白いんじゃない⁉

ひらめいた私は、まずどういうメディアで話を作ろうかと考えた。

マンガ……は、無理だ。

中学の頃、美術の時間に描いた水彩画の中の犬を「あの茶色いおっきい芋虫、なに？」と友人に言われた私では、あの美麗な世界を絵になど出来ない。

とにかく、人々が美麗な世界だったのだ。まあ、貴族の人たちだったから、そうだったのかもしれないけど。

なら小説はどうだ！　と、アカウント取得済みの無料投稿サイト用に、スマホで下書きをしてみた。

……なんか、設定を箇条書きしたみたいな文章になった。

これ読んでも、絶対面白くない。ていうか、そもそも『小説』じゃない。何で⁉　何でここに投稿してる人みんな、あんな上手にお話にできるの⁉

答え：文才。

ハハハハ……。知ってたよ。うん、分かってた。作文でいっつも先生に赤ペンがっつり入れられてた時点で、私には無理だったたってね……。

千文字くらい書いたメモを、速攻で消去した。

そうすると、あとは何だろう……。素人でも手を出せそうなジャンルがない。

絵も描かなくて良くて、文章も書かなくて良くて……。って、何それ⁉　助けて一休さーーん‼

ポク・ポク……チーン！　ひらめいた‼

乙女ゲームだ‼　美麗な男子とキャッキャウフフ！　それだ！

ゲーム制作会社に入ればいいんじゃない⁉　そんで、乙ゲー開発系の部署行けたらいいんじゃない⁉　んで、シナリオもイラストも専門家に丸投げで、自分は設定とプロットだけやりゃいいんじゃない⁉

すげぇ。夢のような話だ。

記憶の中の私は、とても幸せな生涯だったのだ。だから、幸せなお話を作りたい。あの優しい世界で、ふんわりと夢を見ていられるような。

その日以来、私の夢は『ゲーム制作会社に入社し、作りたい乙女ゲームを作る』事になった。

大学を卒業し、希望通りにゲーム制作会社に入社した。配属の希望も通り、企画開発だ。

今はやっぱりスマホアプリの方が儲かるようで、最近は専らアプリの企画出しと、ガチャの内容の考案ばっかりだ。

そんな日々を送っていたのだが、入社五年目にして任された女性向け恋愛シミュレーションのアプリが当たった。めっちゃ当たった。

グッズ展開もされたし、コミカライズもされたし、ノベライズもされたし、アニメ化もされて、更には二・五次元舞台にまでなった。大当たり御礼で、会社から臨時賞与まで出た。明細貰った手が震えるくらいの額が書かれていた。

怖い！　来年の住民税が怖い！　所得税も怖い！

それらはもう私の手を離れ、専属のプロジェクトチームが各メディアミックスを仕切っている。

手の空いた私には、もう一つ会社からのご褒美があった。それが、『好きな企画、何でもいいから一つ通してあげる権』だ！　……とはいえ、予算枠は決まっている。折角の儲けを、一社員の趣味全開の企画に全ツッパなど出来ない。

　それでも私は、「これで夢が叶う！」と嬉しかった。

　それからは、寝る間も惜しんで企画書を製作した。

　予算は潤沢ではないので、そこが勝負だ。出来るなら、スマホアプリではなく、ＣＳ（家庭用ゲーム）機で買い切りで出したい。それだけで開発費は跳ね上がるが。

　予算から逆算して、売値は四千円前後だろう。プロジェクト名を『シンプル４０００』に決定した。

　もう、昔懐かし紙芝居ゲーでいいや。どうせ売れないだろうし。

　立絵の目パチ口パクもなしでいいや。どうせ売れないだろうし。

　背景の枚数減らすのに、舞台『学園』でいいや。どうせ売れないだろうし。

　音楽なんて、社内のライブラリにあるボツ音源でいいや。どうせ売れないだろうし。

　声優さんも無名でいいや。どうせ売れないだろうし。

　ライターさんも、社内の人でいいや。どうせ売れないだろうし。

　そう。どうせ売れない。私が作りたいのは、ただの懐かしの恋愛シミュレーションだ。凝ったストーリーなどではない。ヒロインに『聖女』やら『珍しい属性の魔法が使える』なんて設定もない。

ただ、私の大好きだった『あの世界』を、何かの形にしたいだけだ。悪役も、ライバルもいらない。ヒロインがイケメンと出会って、恋に落ちるだけの物語でいい。

それだけの、優しい物語。逆を返すと、盛り上がりがなくてつまんない話。

ただ、原画だけは！　それだけは、譲れない！　あのキラキラの人たちを、私の記憶により近く描いてくれる原画さんだけは‼

ＳＮＳを漁りまくり、色んなマンガを読みまくり、色んなアニメも観まくり……、結果、一人の漫画家さんに決めた。……受けてくれるか分かんないけど。

後は簡単なキャラ表でも作って～♪　企画書を提出して～♪


ヒロインは決めてあるんだ。

マリーベル・フローライト様。伯爵家のご令嬢だった方で、ちょっと抜けてるとことかあって、気さくで、おおらかで、とても接しやすい方。

初めは、私の大好きなエリザベス様にしようかと思っていたけど、エリザベス様が王太子殿下以外の方と恋愛する図がどうしても浮かばなかった。……漫才する図なら、浮かぶんだけども。

それに、乙ゲーヒロインというのは、『プレイヤーの分身』だ。プレイヤーが共感できる存在でなければならない。そう考えると、エリザベス様はちょっと現実離れしすぎている。公爵家のご令嬢で、美人で、優しくて、驚くほど賢くて、でも気取ってなくて、国民全てから愛された王妃……とか。乙ゲーヒロインにしても盛り過ぎだ。

マリーベル様くらい庶民的なところがあって、目立つのが嫌いだったり、時々自分に自信がなかったり……という方が共感しやすい。というか、私がゲームを作り易い。でもまあ、ちょっとゲーム用に性格はいじるけどね。

……と、ここで問題だ。誰を攻略対象にしよう？

乙女ゲームだ。定番は、王子、宰相の息子、騎士団長の息子、魔術師団長の息子……などだ。最後の一人は無理だ。そんな団がない。

まあ、まずはやっぱ王子だよねー。ヒロインが十代設定だから、王太子殿下で！

現実の殿下（私が死ぬ頃には、陛下だったけど）は、乙ゲー攻略対象向きの人じゃないから、性格はちょっと変えなきゃね。

実際の殿下は、お妃様一筋で、夫婦円満の象徴みたいに語られる人だからね。

……んー……。考えても考えても、殿下がエリザベス様以外と恋愛する図が浮かばない……。これもう、殿下のビジュアルの別人にしちゃわないと無理だな！　子供の頃に婚約破棄しちゃった設定にしよう！　そんでよくある系の、無表情な氷の王子様系にしちゃおう！　殿下よく、無表情って言うか『無の表情』してらしたし！

次は、インテリ枠かなー。年代近そうな人で、なんかいい人居たっけなー？

考えながら、例のノートをぱらぱら捲る。

そして、突然、ふと思った。

私が『あっち』から地球に転生してるって事は、もしかしたら他にもそういう人が居るかもしれない。七十億も人間が居るんだから、一人くらい居るかも。その人がこのゲーム見たらきっと、笑っちゃうだろうな。誰だよ⁉　とか思うだろうな。

その光景を思ったら、ちょっとおかしくなって、一人で暫く笑っていた。

企画書を提出したら、「攻略人数、もうちょい増やせない？」と言われた。なので、当初四人の予定だったのを、三人増やして七人にした。

増やすにあたって、どうしても適当な人が思い当たらず、苦肉の策でエルリック様をねじ込んでしまった。……ちょっと後悔している。上がってきたシナリオを読んで、更に後悔した。ごめんなさい、エリザベス様……。

漫画家さんに原画も引き受けてもらい、社内の作曲チームが絶妙にダサいＯＰテーマも作ってくれ、制作は順調だ。

Ｗｅｂデザインチームの素晴らしい働きで、公式サイトもいい出来だ。良い出来過ぎて、『プロモーション詐欺』と言われないか不安なレベルだ。

……まあ、どうせ売れないだろうけどね。

声優さんは、声優の専門学校へ足を運び、私の覚えている彼らの声に似た人を選んだ。……ぶっちゃけ、本人の声聞いた事ない人が何人か居たけど、その人らはフィーリングで。

そしてマスターアップしたディスクを一通りプレイし、バグなどもない事を確認し、ＯＫを出した。

その夢の結晶が、今日発売された。一万本売れたら充分だ。……売れなさそうだけど。

もしエリザベス様が『こっち』に転生とかされたら、プレイして欲しいなぁ。そんで、「誰だよ！　コイツら！」って言ってほしい。

でも、殿下のお声、ちょっと本物に似てますでしょ？　アルフォンス様のお声も、結構イイ線いってると思うんです！　……坊ちゃまに関しては……、申し訳ありません、としか……。私にできるのは、あのクソみたいなシスコンをマイルドにするだけでした……!!　私も本当は入れたくなんてなかったんです！　でも、死神とか、出せないじゃないですか！　あのビジュアル最高でメンタル豆腐以下の暗殺者とか！　キャラとしては美味しいかもしれませんけども。学園で死神と出会うとか、無理あり過ぎて出来ませんよ……。それに、たかだか使用人風情に、お貴族様の知り合いなんてそうそう居ませんよ！　せいぜいがエリザベス様の周りに居た方くらいですよ！

こうして楽しかった前世の記憶を一つの形に出来て、満足した。

このノート、どうしようかな。……もうちょっと、取っておこうかな。

家のテレビ画面には、会社から貰ったサンプルディスクのゲーム画像が映っている。

記念に一本、自分でも買っとこう。もしかしたら、誰かやりたい人居るかもしんないし。そしたらその人に、それ貸したげよう。

エンディングテーマに乗って、スタッフロールが流れている。そして、最後の最後に、総合プロデューサーの私の名前。奇（く）しくも、前世と同じ響きの、私の名前。

プロデューサー　総合演出
原田　杏奈（アンナ）

楽しくて幸せだった前世を振り返りつつ、私はゲーム機の電源を落とした。

番外2　女三人寄れば……

今日は我が母校スタインフォード王立学院へやって来た。

目的は、在学中に全く終わらなかった研究を引き継いでくれた後輩たちに、その後の進捗具合を教えてもらう事だ。

ていうか、まあフツーに考えて終わるワケないよね！

私がやっていた研究は、気象学だ。これはもう、統計と観察がものを言うジャンルだ。そして『統計を取る』為には、膨大な記録資料が必要になる。学院で二年ばかし記録取ってただけじゃ、サンプル少なすぎてお話になんないわね。知ってた。うん、知ってたよ。

知ってたけど、もうちょっと形になるかなー……とか思ってたのよ！　なんたって私には、『前世の記憶』という知識チートがあるのだから！

……いやー……、ほぼ役に立たないねー……。気象予報士くらいの知識があれば、また話は違ってくるのかもしんないけどねー……。学校でちょっと勉強した事ある……程度の知識じゃ、付け焼刃にすらならないねー……。そもそも、刃も付かないねー……。

そんな研究だが、引き継いでくれる後輩が現れた。ありがてぇ……。

そんな彼と情報交換を終え、私はカフェテリアへと向かった。

今日は、エミリアさんも学院の施設を借りにやって来ているのだ。その彼女と、カフェテリアで待ち合わせをしている。

『学校』という特別な空間で一緒だった私たちだが、やはり卒業してしまうと縁が遠くなってしまう。それは二十一世紀の地球の諸氏も同じだろう。『中学卒業以来、会った事がない』という人物も何人か居た。そんなものなのかも知れない。

日本ですらそうなのだ（私だけかもしれないが）。この、ガッチガチの『身分差』というものが存在する世界では、マジで接点すら消滅する勢いで縁遠くなる。

……主に、私の地位が高すぎるのが原因なのだが。

つくづく、『学校』という場所は、一種の『異世界』だよなあ……と思う。

王太子殿下も、その婚約者も、先日伯爵令嬢になったばっかりのお嬢さんも、生粋の平民も、同じ空間に同じ目線でそこに居たのだから。

『学校』という空間でなければ、私たちは横並びになどなれない関係だ。……悲しいかな、それが現実というものなのだ。


その身近な『異世界』である学院だ。

ここの敷地内は、警備などもしっかりしているので、我が護衛騎士くんたちも安心だ。そして殿下も安心だ。

……私がどこぞへ視察へ……とかいう話になる度、殿下の心配性がすごいからね……。

でも三年間慣れ親しんだ学院ならば、殿下もそこまでは心配なさらない。……ていうか、学院内部、殿下の御威光が遍く照らしておられるからね……。「王太子殿下、万歳！　ジーク、殿下！」みたいな先生と学生さんが、何かいっぱい居るんだよね……。殿下、三年間（というか、最後の一年は殿下はほぼ休学状態だったから、約二年間だけど）、何しておられたのでしょうか……？

そういう人々が、「エリザベス様に何かあったら、殿下がどれ程お心を痛められるか！」と、私の周囲に気を配ってくれる。有難い。有難いのだけれど……、正直ちょっと怖い。

いや、殿下が慕われてらっしゃるのは、物凄く良い事なんだけども。『慕う』ってより、『崇拝』に近くて怖いのよ……。……ん？　マクナガン公爵家の人間が言うな？　知らんがな。

そんな事を考えつつ、学院内部を歩き、カフェテリアに到着した。

おお！　懐かし（半年ぶり）のカフェテリアよ！　今日の日替わりランチは、バゲットとレバーパテとグリーンサラダですか！　何と美味しそうなメニュー！

昼食時からは幾らか過ぎているのだが、ちらほら学生が居る。先生もいらっしゃる。

今日はお天気が良いから、エミリアさんはテラスかな？

何度かエミリアさんと待ち合わせをした事があるが、彼女は大抵、私より先に到着している。私は十分前くらいには着いていないと気が済まない性質だというのに、だ。

……余談だが、女子三人で待ち合わせをすると、エミリアさん、私、マリーさんの順に到着する。

そしてマリーさんは毎度、時間ギリギリにやって来る。本人曰く「一時間前でも一秒前でも、時間前は時間前です！」だそうだ。その通りなのだが、それでいいのか。……まあ、遅刻されるよりは断然いいのだが。

開け放してある掃きだし窓から外へ出ると、一つのテーブルにエミリアさんを見つけた。

エミリアさんもこちらを見つけ、席から立ち上がって手を振ってくれている。私もそれに手を振り返しつつ、思わずちょっと真顔になってしまった。

手を振るエミリアさんの隣の席に、座ったままの人物が一人いる。レバーパテをごってりと乗せたバゲットを、無心でもっしゃもっしゃと食べ続けている。

……おい、伯爵令嬢。何しとんのや。まあとりあえず、席へ向かおう。

嬉しそうな可憐な笑顔で小さく手を振っているエミリアさん。その隣で、無心でバゲットを頬張る貴族令嬢。……どう考えても、立場が逆転していないだろうか。何だろうか。卒業してから半年しか経っていないのだが、既に懐かしい空気だ。……そしてマリーさんは、一体いつになったら『貴族らしく』なるのだろうか。まあ、そういうところも彼女の味ではあるが。

「お久し振りです！」

嬉しそうに弾んだ声で言われ、私も嬉しくなってしまう。可憐な女の子が嬉しそうな笑顔で、僅かに頬まで上気させているのだ。そりゃ嬉しくもなる。

「お久し振りです。お元気そうで何よりです」

「エリザベス様も」

「もっ……」

……最後の声は何かというと、マリーさんの発した謎の音声だ。正確に記載するなら、『も』に濁点が付いたような、何とも表記の難しい音だった。

「ご……っ」

「……とりあえず、口の中のものを飲み込みましょう。それから落ち着いて喋ってください」

……マリーさん、ハムスター食いやめなよ。貴族として以前に、女子としてというか、人としてそこそこアウト感あるから。

余談だが、『ハムスター食い』とは、げっ歯類がやるように食べ物を口の中に目いっぱい詰め込んで食べる事を言う。ひまわりやカボチャの種で頬袋がぱんぱんのハムスターは可愛いものだが、同じ事を人間がやって可愛いかと問われると「否」としか答えようがない。

マリーさんはテーブルの上から、オレンジジュースの入ったグラスを取り上げ、それを口元に運んだ。……が、口の中がものでぱんぱんらしい。時折「ゴフ……っ」などとおかしな音を立てつつも、ゆっくりとジュースを飲んでいく。

その間に、私は席に着くと、エミリアさんと改めて久闊（半年）を叙するのだった。

「……で、マリーさんは、今日はどうしてこちらに？」

私とエミリアさんは、たまたま学院に用があったから、ついでに会う約束をしただけなのだが。マリーさんも、何かここに用事でもあったのだろうか。

マリーさんは私の言葉に、バゲットにパテを塗る手を止めた。……ていうか、めっちゃ食うやん……。いいけども。

「この間、エミリアと街で偶然会ったら、エリザベス様と会う約束をしてる……って言うんで。え？　もしかして私、ハブられてんの？　とか思って、勝手に来ちゃいました」

「別に、意図してハブってる訳ではありませんが」

「え？　もしかして、ガチめにハブられてました⁉　三人しか居ない女子仲間なのに！」

「ですから、違います」

「『ハブられる』……とは……？」

不思議そうに首を傾げるエミリアさんに、マリーさんが「仲間外れにする……って意味かな」などと説明している。

あー……、何かホントに懐かしいな、この空気。

そんな風に思っていると、マリーさんに『ハブる』という言葉の説明を受けていたエミリアさんが、急にくすくすと笑いだした。

「エミリア？　どしたの？」

「どうかしましたか？　何か、可笑しな事がありましたか？」

「いえ、あの、そうではなくて……」

エミリアさんは、笑う口元をそっと手で隠し、それでも尚楽しげに笑っている。

「卒業して半年でしかないですけれど、……何だか、『懐かしい』な……って」

「そうですね」

ホント、同感。

「分かるぅ～！　何か久々だよねー、こういうの！」

マリーさんも嬉しそうに笑っている。

別に、何かを意図してマリーさんに知らせなかった訳ではない。彼女は今、次期フローライト伯爵としてのお勉強などに大わらわなのだ。その忙しい最中、わざわざ来てもらうのも悪いかな……と思っただけだ。

「えぇ～‼　もう、毎日毎日、勉強勉強なんですから、むしろ息抜きに誘ってくださいよぉ～！」

言いつつ、マリーさんはまたバゲットをもしゃっと齧った。……この、貴族令嬢らしからぬ食事風景ももしかしたら、ストレス発散なのだろうか。

「……でも、マリーが伯爵様だなんて、ぴんと来ないわ」

お茶のカップを手に取りながら言うエミリアさんに、私も思わず頷いてしまう。当のマリーさんはというと、またしても口いっぱいに頬張ったバゲットを、もっしゃもっしゃと咀嚼（そしゃく）中だ。

「……マリーさん、まず、ハムスター食いはやめましょう」

「の……っ」

「そして、何か話す時は、食べきってからにしてください」

「ふぉ……」

何言いたいか、全く分かんねえよ。あと、全部に濁点ついてるみたいな謎音声、やめてくれよ。

マリーさんは時間をかけて口の中のものを食べきると、ふっと小さく息を吐いた。

「つまりですね……」

おう？　唐突に『つまり』ときたぞ？

「私＝ハムスター、ハムスター＝可愛い、∴（故に）私＝可愛い。そういう事です‼」

激烈ムリ過ぎる三段論法！　エミリアさんが「どういう事⁇」て、めっちゃ難しそうな顔してんじゃん！　ていうか、何故君は会心のドヤ顔なのかね⁉

「いいですか、マリーさん」

これは正してやらねばなるまい。

「マリーさんはハムスターではありません。ですので、一つ目の『マリーさん＝ハムスター』が、まず成り立ちません。マリーさん≠ハムスターです」

「じゃあ、私は何だって言うんですか⁉」

「……人間じゃないの？」

エミリアさんにめっちゃ冷静に言われ、マリーさんは何故か謎のショックを受けている。……いや、人間だろうよ、どう考えても。

ああ……、この中身の一切ない会話、懐かしいわ……。

マリーさんとエミリアさんも同様だったらしく、突然「フヘヘヘヘ……」と気味の悪い笑い声をあげたマリーさんに、エミリアさんが「気持ち悪いわ、マリー」と笑っていた。

「エミリアさんは、今、妊娠してらっしゃるんですよね？」

のんびりとお茶を飲んでいるエミリアさんに尋ねてみた。見た目では殆ど分からないのだが、確かそういう話を以前聞いた覚えがあったからだ。

私の言葉に、エミリアさんは穏やかな笑顔で頷いた。

「はい。出産はまだ先ですが」

「お腹、目立たないよねー」

エミリアさんの腹部を見て言うマリーさんに、思わず頷く。

締め付け感のないゆったりとしたワンピースを着ているが、ぱっと見た目では全く分からない。ちょっと顔立ちが丸くなったかな？　という気はするけれど。

「うん。私、そういうタイプみたい。でも先生には『ちゃんと育ってますよ』って言っていただいてるから、そういうものみたいね」

お腹をさすりながら言うエミリアさんに、私とマリーさんと二人揃って「ほえ～……」となってしまう。

「エミリアさん、お茶は飲んでも大丈夫なのですか……？」

妊婦にカフェインはよろしくない。地球では常識だ。ではこちらの世界ではどうかというと、『ダメ』とまでは言わない。言わないが、お茶は身体を冷やすものという認識があるので、やはり妊婦にはお勧めはしないのだ。

「あ、このお茶は、薬草茶なんです」

言うと、エミリアさんは空いた椅子に置いていた自分のバッグを、ごそごそと漁り出した。

「これに入れて持ってきたんです。カップだけ、カフェからお借りしました」

『これ』とエミリアさんが取り出したのは、水筒だった。

この世界の水筒はブリキ製で、周囲を保温用の布が覆っている。当然、地球の『真空断熱』程の保温性能はない。とはいえ、もうちょっと何とか出来る気がするな……。

「チッチキチー……!!」

突然のマリーさんの呟きに、エミリアさんが「マリー？　何言ってるの？」と怪訝な顔だ。しかしどうしようか。私は分かってしまった。マリーさんの言いたかった事が。

仕方ない。突っ込んでやろう。

「マリーさん、それを言うなら、『知識チート』です」

「え!?　そう言いましたけど!?」

言ってねえよ。『チッチキチー』としか言ってねえよ。確かにうっすら音が似てるけど、そこそこ遠いよ。分かった私が偉いよ。

「もっと保温性能がいい水筒とか、朝沸かしたお湯がお昼でもまだあったかいポットとか、そういうのあったらエミリアは欲しい!?」

乗り出す勢いで尋ねているマリーさんに、エミリアさんは気圧(けお)されつつも頷いている。

「そ、そうね。お値段次第かもしれないけど、あったら便利ね」

「だよね！」

まあ、そうだよね。『あったら便利』だし、『欲しいなあ』って思う人が沢山居たからこそ、地球でだって商品化されてたんだしね。

そんな事を考えていると、マリーさんが謎の満面の笑みでこちらを見てきた。

「エリザベス様！」

「……何でしょうか」

「保温性のいい水筒って、どうやって作るんですか⁉」

こっちに聞くのかよ！　エミリアさんも「マリーが作るんじゃないの⁉」って驚いちゃってるじゃん！　ていうか、私もビックリだわ！　マリーさんがチッチキチーするんじゃないのかよ！

しかし、水筒か……。確かに、あったら便利だし、そう難しいものでもないから、特許はマジで早い者勝ちになるな……。

「ものは相談なのですが、マリーさん……」

「はい」

「我がマクナガン公爵家と、マリーさんのフローライト伯爵家とで、『共同開発』という事でどうでしょうか。詳しい計画などは、後日書面にてお送りします」

「乗りました！」

マリーさんが差し出してきた手を、ガシィッと握る。

よし。大まかな構造の図面を書いて、領地のどっかの工房にぶん投げてみよう。何かイイ感じの物が仕上がって来るだろう。

「……マリー、貴女本当に、将来的に伯爵様になって商会経営なんて出来るの……？」

心配そうな口調で言うエミリアさんに、マリーさんは何故か得意げに胸を張った。

「大丈夫！　めっちゃ強い味方、見つけたから！」

「強い味方……？」

不思議そうに首を傾げるエミリアさん。エミリアさんのこの反応からして、マリーさん、まだエミリアさんに話してなかったんだな……。

マリーさんは胸を張ったままで、「えへん」とわざとらしい咳払いをした。

「なんと！　あの国内一の大商会『ネルソンズ』の三男、ポール・ネルソンくんがウチにお婿に来てくれる事になりましたー！」

「えぇぇ!?」

あ……、エミリアさん、ホントに知らなかったんだ……。

エミリアさんが驚いた顔でこちらを見てきた。

「エリザベス様はご存知で……、って、そうですよね！　ポール・ネルソン氏っていったら、王太子殿下の側近をお務めでいらっしゃいますものね！」

そうですねー。エミリアさん、よく知ってたなー。『殿下の側近』なんて、多分フツーの平民の人たちは知らないだろうに。流石エミリアさんとしか言いようがない。

マリーさんのお婿さんとなるポール・ネルソン氏は、マリーさんが今言った通りで大商会の三男坊だ。商会は長男が継ぎ、次男はそのサポートをする予定らしい。そして三男は殿下の側近として、主に経済関連の政策を担当している。この世界にも算盤に似た計算機があるのだが、彼はそれを『相棒』と呼ぶような人物だ。因みに長男は、算盤に奥さんの名前を付けているらしい。……麗しい愛情……なのだろうか……。

「えぇ～……、ビックリだわ……。……でもそっか。おめでとう、マリー」

ふんわりとした笑顔で言うエミリアさんに、マリーさんも笑顔で「ありがと！」と答えている。

「フローライト伯爵家の『血』っていうのは私しか持ってないから、一応私が『伯爵』って爵位は継ぐんだけど、実務はポールくんと私で半々……ってカンジになると思うんだよねー。……まあ、だからって勉強しなくていいって事にはならないいんだけどもさ」

「実際問題として、ポールさんには知識はあるのですが、『貴族として』生きた経験はありません。ですので、それらに慣れるまでの間だけでも、マリーさんがしっかりと規範を示さねばならないのです」

「ああ……、成程」

納得したように頷いてから、エミリアさんはやはり心配げにマリーさんを見た。

「規範……、示せるの？　マリー……」

「だからそれを今、めっちゃ頑張ってるのよ！　全部ポールくんに丸投げ……ってのも、カッコ悪いしね！」

「そうね。きっと、マリーなら出来るわ。大丈夫よ」

「うん。ありがと」

エミリアさんの言う通りで、きっとマリーさんなら大丈夫だろう。マリーさんはその人柄のおかげで、敵を作り辛いのだ。そしてそれこそが武器になるという事を、ポールさんはきっと知っている。『敵を作らぬ立ち回り』というものの大切さは、商人であるポールさんこそが一番理解しているだろうし。

何と言うか、とてもお似合いの二人だ。

「マリーはどうやって、ネルソン氏と知り合ったの？　パーティーとか？　それとも、エリザベス様のご紹介で？」

「あ、どっちも違う。リナリア王女殿下のご紹介……っていうか、何かいきなりお茶会やるから来てーとかって……」

「ああ……」

エミリアさんの「ああ……」に、色んな感情が混じってる……。

リナリア様の『優雅に嫋やかに強引』なところは、エミリアさんの方がきっとよく知っている。リナリア様が今推し進めていらっしゃる『医療専門の研究機関』の設立計画に、エミリアさんもいつの間にか一枚嚙まされていたからだ。今ではエミリアさんは『一枚噛む』どこか、ガッツリ『計画の主要メンバー』にされてしまっている。

「リナリア様、とても素敵な方だけれど……、何て言うか、ちょっと強引よね……」

「うん……」

何故かちょっと私が申し訳ない気持ちになってしまう……。いや私は（多分）悪くないけども！

「何だかあの……、申し訳ありません……」

居た堪れなくなり謝ると、エミリアさんも笑ってくれた。

「エリザベス様に謝っていただくような事は、何にもありませんよ」

「そうですよー。結果として、私だって便利なお婿さんをゲット出来たんですからー」

……優しい言葉が有難いが、マリーさん『便利』言うな。

「マリーさん、そこは『素敵な』お婿さんだとか、『大好きな』だとかの方が良いのでは……？」

「大丈夫です！　大体、そんなような意味ですから！」

「……あんまり大丈夫じゃないと思うわ……。聞く側からしたら、結構違うもの……」

「エミリアさんの仰る通りだと思います」

「えぇ～……、そうですかぁ……？　『便利』って、結構最上級の誉め言葉じゃないですかぁ？」

せやろか……？

「じゃあマリー、誰かに『便利な女』って言われて、カチンってこない？」

真顔で尋ねたエミリアさんに、マリーさんは少しだけ考えた後で、苦笑するように笑った。

「確かに、ちょっとイラっとするね。……うん、言い方、考えよう」

「そうした方がいいわ」

ふふっと笑うエミリアさんに、マリーさんも楽し気に笑っている。

あー……、平和でいいなぁ……。

それから暫くの間、互いの近況などを報告しあい、そこそこいい時間になってしまったので名残惜しいが解散する事になった。

別れ際にエミリアさんが「おばあちゃんになっても、こうしてお話が出来たら素敵ですよね」と言っていた。本当に、その通りだ。

そして三人で約束をした。

おばあちゃんになって、日向でお茶を飲むくらいしかやる事がなくなった頃に、またこうして三人で集まろう、と。

何十年先の約束なのかは分からない。けれど絶対に、そうしようね、と。

マリーさんが「じゃあ、その日を待てずに先に死んじゃった人には、罰ゲームにしましょう！」と言い出し、罰ゲームの内容が『その人の学院での思い出を勝手に捏造し出版する』事に決まってしまった。……なんてエゲツねえ罰ゲームを考えるんだ、マリーさん……。

これは何としても長生きをせねば、と三人で気合を入れ、「じゃあ、またね」と手を振り合い別れた。

何十年先の事になるかは分からない。

けれどきっと、今日のように中身のない会話で笑いながら、三人でお茶を飲む日が必ず来る。

その遠い遠い未来の約束を楽しみに思いつつ、私は城へ帰る為の馬車に乗り込むのだった。

ArianRose
アリアンローズ
公爵令嬢は我が道を場当たり的に行く
3
来春
発売予定!!
著者 ぽよ子
イラスト にもし

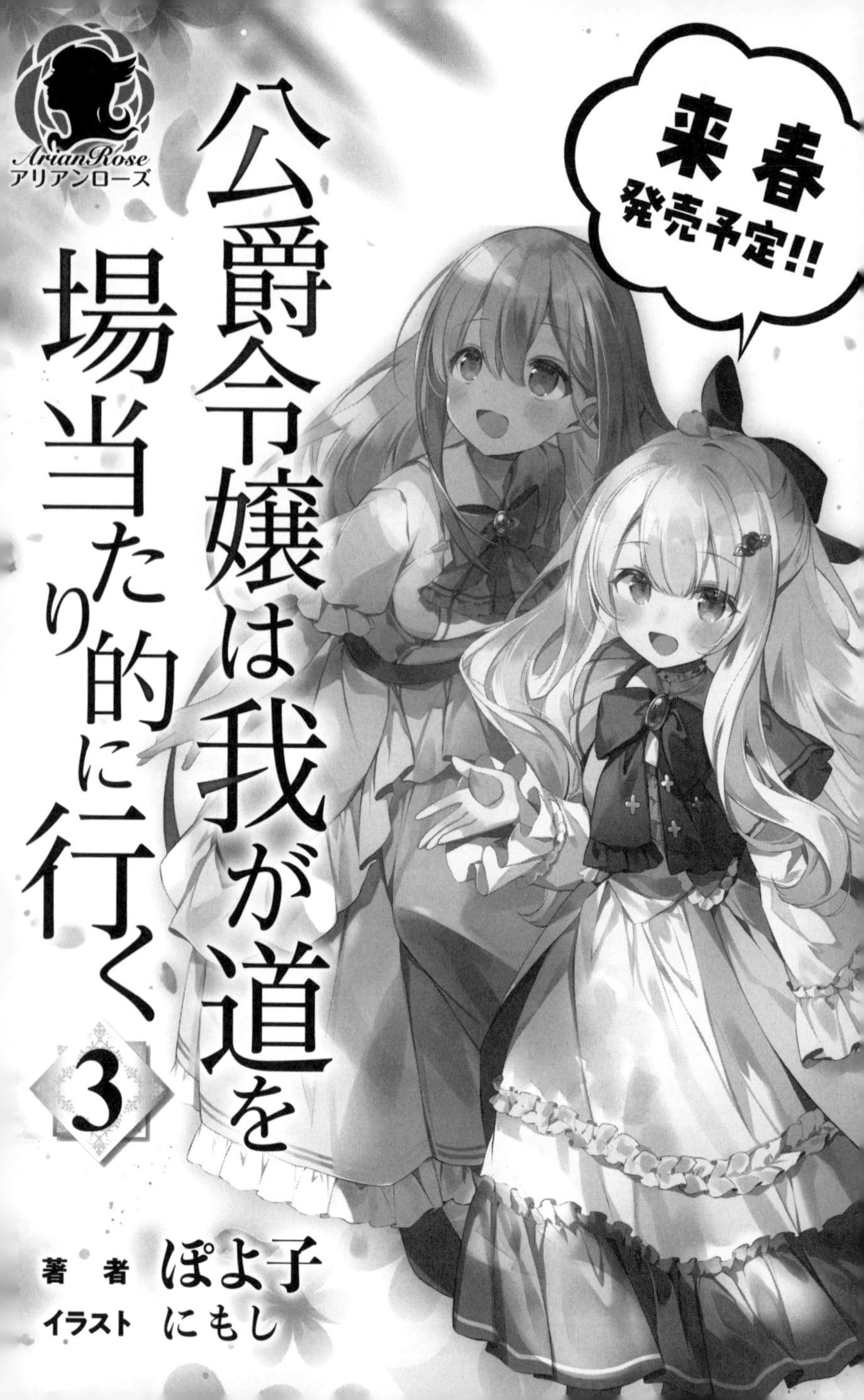

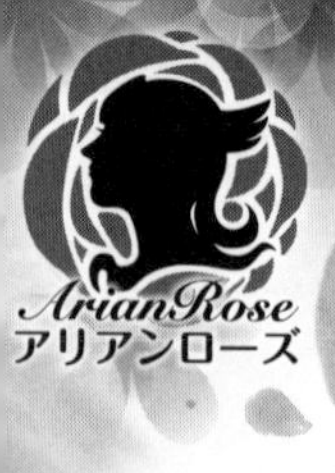

Arian Rose
アリアンローズ

公爵令嬢は我が道を場当たり的に行く　2

＊本作は「小説家になろう」（https://syosetu.com/）に掲載されていた作品を、大幅に加筆修正したものとなります。
＊この作品はフィクションです。実在の人物・団体・事件・地名・名称等とは一切関係ありません。

2023年7月20日　第一刷発行

著者 ……………………………… ぽよ子

イラスト ……………………………… にもし
発行者 ……………………………… 辻 政英
発行所 ……………………………… 株式会社フロンティアワークス
〒170-0013　東京都豊島区東池袋3-22-17
東池袋セントラルプレイス5F
営業　TEL 03-5957-1030　FAX 03-5957-1533
アリアンローズ公式サイト　https://arianrose.jp/
フォーマットデザイン ……………………………… ウエダデザイン室
装丁デザイン ……………………………… 株式会社TRAP
印刷所 ……………………………… シナノ書籍印刷株式会社

二次元コードまたはURLより本書に関するアンケートにご協力ください

https://arianrose.jp/questionnaire/

● PC・スマートフォンに対応しております（一部対応していない機種もございます）。
●サイトにアクセスする際にかかる通信費はご負担ください。